毎日もらえる追放特典でゆるゆる辺境ライフ！

Mainichi moraeru Tsuihotokuten de Yuruyuru henkyo life!

Minato Ren
［著］水都 蓮
［イラスト］なかむら

ライト
ブライと付き合いの長い冒険者。
彼の追放に加担する。
セラ
ブライの恋人のはずが、
あっさりとライトに
乗り換える。
ブライ
ギルドを追われたお人好し冒険者。
謎のスキル【ログインボーナス】で
人生が一変する。
エスティアーナ
通称エスト。
二千年前から封印されており、
ブライと運命的な出会いを果たす。

アリシア
傷心のブライに
休暇を勧めた、
心優しき教会のシスター。
ラピス
エルフの血を引く少女。
ブライ達の窮地に
現れるが……
レオナ
才能豊かな魔導技術者。
辺境の村に
隠れ住んでいる。
Main Characters
登場人物紹介

第一章

「テメエは今日でクビだ。このクソ無能」

「えっ……？」

ある日突然、俺は所属するギルド【月夜の猫】のギルド長に呼び出された。

そして、一体何事かと思ったら、浴《あ》びせかけられたのは罵詈雑言《ばりぞうごん》と麦酒《ビール》であった。

「お、俺がなにをしたって言うんだ」

最近の俺は、冒険者として思うようにステータスが伸びず、この男に命じられてギルドの予算管理を任されていた。だが、なにかやらかした記憶はない。

「なにをしたか分からねえってツラだな……アレだけのことをしておいて、自覚がねえのか？」

「待ってくれ。本当に何のことか分からない」

やったこととしては、無駄な経費が余りにも多かったため、それらを削ったぐらいだ。

同種の武器や防具を別々の工房に二重に発注したり、そもそも納品された量が予定よりもずっと多かったりと、随分とずさんな発注が行われていた。

このままでは要《い》らぬ出費を繰り返し、経営破綻するところであった。

その点はむしろ、感謝して欲しいぐらいだ。

「テメエの余計なお世話のせいで、来年から国の補助金が減らされんだよ!!　このクソ低能が」

……どうやらギルド長の怒りの原因はそこにあったようだ。

「ギルド長、この前も言ったがこのギルドの経営状態は……」

「黙れ!!　テメエがそんな心配しなくていいんだよ。国からの補助金があればどうとでもなんだからな!!」

どうにかなるわけないだろう。

明らかに無駄な支出があって、それを見逃していれば経営破綻まっしぐらだったのだ。

特に、ギルド員が申請する宴会費用が酷い。

補助金をあてに、誰も彼もが飲み代を申請して、タダ酒を呷《あお》ろうとしていたのだ。

それを予算管理の前任者――ギルド長なのだが――は咎《とが》めるどころか、自らも積極的に申請する有様だった。

おまけにギルド長が虚偽《きょぎ》の収支報告をしていたものだから、本来貰えるはずのない額の補助金を受け取っていた始末だ。

これまでは国にバレないよう、証拠の残らない形で収支を誤魔化《ごまか》していたが、酒場周辺でギルド員が散財《さんざい》するせいで国の監視の目も厳しくなってしまった。

今は知り合いの税務官に鼻薬《はなぐすり》を嗅《か》がせて、お目こぼしをしてもらっているが、これももちろん贈《ぞう》賄《わい》、違法行為だ。

バレたらタダでは済まないし、彼らが本気でこのギルドを調査すれば、これまでだまし取っていた補助金の返還を命じられ、併《あわ》せて罰金まで科《か》せられてしまうだろう。

「とまあ、そういうことだ、ギルド長。これからは正確な収支報告をしないと、このギルドがまずい」

俺はなるべくギルド長でも理解出来るように説明を試みた。

「うるせえ!! 難しい言葉連呼して誤魔化してんじゃねえ!!」

しかし、返ってきたのは耳をつんざくような怒号《どごう》と投げつけられた灰皿であった。

俺はそれをなんとかかわすも、灰が顔に掛かってしまう。

「ゴホッ……ゴホッ……」

「クソが。飲み代の申請をなんでもかんでも却下しやがって……テメエが余計なことしなけりゃ、それで良かったんだよ。つーわけで、テメエはクビだ。さっさと荷物をまとめて出ていきな」

「馬鹿な。そんな横暴《おうぼう》……俺の仲間が許すはずがない」

これは余りにも理不尽な解雇《かいこ》である。

俺の大切な仲間達ならきっと抗議してくれるはずだ。

このギルドで最も付き合いの長い、槍使いライト。

大斧《おおおの》使いのガルシア。

魔道士《まどうし》のレヴェナント。

そして、回復術士にして恋人のセラ。

彼らは俺のパーティ【ハティ】のメンバーである。今は、一時パーティを離れているが、それでもそれなりに長い付き合いの仲間達だ。

彼らなら味方をしてくれる、そんな淡い期待を抱く。

「ハッ、仲間か？　なら聞いてみるか？」

しかし、一方のギルド長は、にやにやと不敵な笑みを浮かべていた。

そして、声をかけると、部屋に誰かが入ってきた。

「ライト？　ガルシアにセラまで……どうして？」

それは今思い浮かべたばかりの仲間達であった。

レヴェナントはいないが、あいつは普段からなにを考えているのかよく分からないので、この場にいないのは不思議ではない。

「アハハハハ。ブライ、麦酒《ビール》に煙草の灰まで頭に掛けられて、随分と間抜けな格好じゃないか」

「そうね。随分と愉快な姿ね」

ライトとセラは、俺の姿を見ると大笑いし始めた。

いくら気安い関係とは言え、それは少し酷いのではないか。

「おいおい、開口一番でそれはないだろう!!　それよりも、なんとか言ってくれよ。このクビは明らかに不当だ」

俺は仲間達に頼み込む。

みんなはその実力からギルド長にも信頼されている。

ライト達の言葉ならば、ギルド長も考えを改めるかもしれない。

「ガハハハ、そりゃ確かにクビにまですんのはやりすぎだな!!」

斧使いのガルシアは、事態をあまり深刻に捉えていないのかのんきなものだ。

「……ブライ、なにか勘違いしてないか？」

「え……？」

しかし、ライトから発せられたのは、期待とは異なる言葉であった。

「やれやれ、僕達がここに来たのは別に君を助けるためじゃない」

「な………？」

俺は、ライトの言葉に絶句する。

「おいおい、ライト。お前まさかこいつのことを……？」

「正直せいせいしてるよ。僕達がこつこつとステータスを上げてるのに、君だけはなにも上達しない。進歩がない」

「そうね、はっきり言って足手まといだったわ」

「な……」

ライトとセラの二人が口々に俺を非難し始める。

「レベルが上がってもほとんどステータスが伸びず、新しいスキルも習得しない。本当に無駄なレベルアップばかりだった」

「まったくね。そのくせ戦いじゃ役には立たないし、無意味に私達の経験値だけは吸ってくわで散々よ」

「ま、待てよ。お前達、いくらなんでも酷すぎる……」

確かにステータスの伸び悩みは、俺も自覚していた。

だが、だからってそこまで言うことはないだろう。

「酷いのは君の方だ。君の介護のせいで僕らは高難易度のダンジョンには行けないし、君のために危機に陥《おちい》ることばかりだった」

実際、彼らの足を引っ張っていたのは事実だ。

だからこそ、俺は後方に下がり、こうして裏方の仕事を担当していたのだが、それでも鍛錬は欠かさなかった。少しずつではあるが、最近はステータスも上昇してきている。

それも全ては彼らに追いつき、もう一度共に冒険をするためだ。

それだけに、ライトの言葉はとてもショックであった。

「な、なあ、少し言いすぎじゃねえか？　確かにこいつは使えないかもしれないが、一応俺達の仲間じゃ――」

「ガルシアは黙ってなさい」

セラは冷たい声を発するとガルシアを黙らせた。

そして、ゆっくりと俺の方へ歩いてくると、鋭い眼光を向けてきた。

「セラ……お前もずっとそう思っていたのか？」

セラとは最近、彼女に告白されて付き合い始めた仲だ。

日は浅いが、それでも大切な存在だと思っている。

だからここでの言葉は彼女の本心ではないと、そう信じたい。

「ええ、そうよ」

しかし、その希望はあっさりと打ち砕かれてしまった。

「正直、こうなってくれて良かったわ。このままパーティに残られると気まずくて仕方ないから」

「気まずい……？　一体、なにを言っているんだ？」

「察しが悪いね。こういうことだよ」

そう言って、ライトがセラの肩を抱き寄せた。

「な……ライト、なにをやっているんだ」

「なにをって、恋人とのスキンシップさ？」

「ガハハハハ、ブライ。テメエはまんまとツレを寝取られたんだよ」

しばらく様子を見ていたギルド長が、意地の悪い声で大笑いした。

あまりに残酷な仕打ちに、戸惑いと共に怒りが込み上げてくる。

「ふ、ふざけるな!!　こんなのおかしいだろう。俺達ずっと一緒にやってきたじゃないか。それをこんな……こんな……」

「うるせえ、タコ!!」

怒鳴り声と共に、背後から頭をガツンと殴られた。

「かはっ……!!」

脳に耐え難い痛みが走り、同時に視界がぐらぐらと揺れる。

見るとギルド長の手に酒瓶が握られていた。呑んでいたそれで頭を殴打されたに違いない。

「テメエは冒険者としても男としても負けたんだよ。とっとと失《う》せろ、カスが」

ギルド長がそう吐き捨てると、かつての仲間達がまた大笑いする。

惨《みじ》めであった。悔しかった。

俺は俺なりに仲間達を想っていたのに、彼らにそんな感慨はなく、むしろ邪魔者を排除出来たという歓喜に沸いていた。

いや、彼らだけではない。

他の冒険者、受付、ギルド中の皆が俺をあざ笑っていた。

「っ…………」

俺は悔しさのあまり、その場から逃げ出すのであった。

＊

行くあてもなく、俺は街をさまよい歩いていた。

「うぅ……ちくしょう……」

頭がズキズキする。

「クソッ……なんで俺がこんな目に」

ギルド長め、なにも酒瓶で殴ることはないだろう。

ライトだって……仮にも長い付き合いだって言うのに、あんな……

「くそっ……俺はギルドのためによかれと思ってやったのに、あんまりだ」

様々な想いが去来《きょらい》して、むしゃくしゃが抑えられない。

殴られ、クビにされ、恋人を奪われ、嘲笑《ちょうしょう》される。一体俺がなにをしたって言うんだ。

「仕事……どうしよう……」

なにより頭から離れないのはそのことである。

貯金はそれなりにあるが、それも保つのは半年程度だろう。なにか職を見つけねば、いずれは路上生活だ。

「っ……ぁ……だめだ……痛みが……」

これから先に考えを巡らそうとしたら、意識がもうろうとしてきた。

応急手当はしたが、それでも脳の血管がどくどくと強く脈動するのを抑えられない。

そして俺は、徐々に意識を手放すと、その場に倒れ込んでしまうのであった。

＊

「ご無事ですか？」

意識を取り戻し、まず最初に飛び込んできたのは、美しい容姿のシスターであった。

彼女は心配そうに俺の顔を覗き込んでいた。

「…………天使だ」

思わずそんな言葉が漏れてしまう。

「もう、ブライさん。心にもないことを言わないでください……」

シスターは呆れたようにそう返した。

彼女……アリシアさんとは知己《ちき》の仲だ。

いつも優しげな微笑みを浮かべている、いかにも聖職者といった女性だが、今はその笑顔が傷心《しょうしん》の俺に沁《し》み入る。

「いや、本心で言ったんだ……」

「はいはい。その様子ならご無事そうですね」

本当に本心から出た言葉だったのだが、アリシアさんには本気と取られなかったのか、あっさりと受け流されてしまう。

どうやら俺は大聖堂の前で気を失ったようだ。

そして運がいいことに、こうしてアリシアさんに介抱《かいほう》されることになったわけだ。

「でも、本当に目を覚まされて良かったです。丸一日、眠り込んでたんですよ？　私、心配で、心配で……」

「丸一日……？　そんなに眠り込んでたのか？」

ギルド長の一撃が相当効いたのだろうか。

「それで、なにがあったんですか？　頭にこんな酷い怪我を……治療術が効いて良かったですけど」

「そうか、アリシアさんがこれを」

いつの間にか頭の怪我が癒えていた。

まだ、多少の痛みはあるが、気を失う前に比べれば随分と楽になっている。

「実はギルドをクビになって……」

彼女なら信用しても大丈夫だろう。

俺は昨日の出来事を彼女に伝えた。

「ひ、酷いです!!　どう考えてもブライさんは悪くないのに」

すると、彼女はまるで我がことのように怒ってくれるのであった。

「みんなもそんな風に俺を庇《かば》ってくれていたらな」

去り際に見た、メンバー達の笑顔が脳裏に浮かんだ。

彼らには、かつての仲間への同情や惜別《せきべつ》など欠片《かけら》もなく、あったのは嘲笑ばかりだった。

「なにかあったら我が教会はどんな協力も惜しみませんから、いつでも頼ってくださいね。なんなら……一緒に聖職者の道でも……」

「聖職者の道……？」

随分と突拍子《とっぴょうし》もない提案だ。

「い、いえ……なんでもありません。忘れてください」

教会は人手不足なのだろうか。

ここの大聖堂を見る限り、十分足りているように見えるが。

「そ、それよりも、先ほどから気になっていたのですが、その左の手のひらにある傷はどうしたんですか？」

「傷？」

言われて、手のひらを見てみる。

すると、そこには十字傷のようなものが刻まれていた。

なんだこれは。身に覚えがない。

「まるで聖痕《せいこん》のようですね。頭に衝撃を受けて、なにかに目覚めたのかもしれませんよ」

「はは、そんな都合のいい話が……」

俺はなんとなしに、自分のスキル欄を呼び出してみる。

自分の潜在能力をリスト化して空間に投影する魔法だ。


――スキル【ログインボーナス】が解放されました。


すると突然、脳裏に無機質な音声が響き渡った。

そしてスキルの欄には【ログインボーナス】という見たことのない文字列が記されていた。

「ってなんじゃこりゃあ!?」

俺は驚いて大きな声を出してしまう。

「どうしましたか？」

「ほ、本当にあったんだ。見慣れないスキルが。昨日までこんなのなかったのに」

「どんなスキルですか？」

「【ログインボーナス】って書かれてる。知ってるか？」

教会といえば、冒険者のスキル解放を行ってくれる施設だ。

彼女に聞けばなにか分かるだろう。

「もう、ブライさん、そんなスキルは聞いたことありませんよ。からかうのもいい加減にしてください」

「いや、ほんとなんだって」

少し強引だと思ったが、俺はアリシアさんの手を引くと、展開したステータスを見るように促す。

「ひゃっ!?　ブライさん!?」

基本的に他人のステータスを覗き込むことは不可能だ。

しかし、本人が自ら触れた者であれば、その間ステータス画面を見ることが出来る。

「あ……ほ、本当にありますね。ログイン……？　一体なにを表しているのでしょう」

「分からない。聞いたことのない言葉だし、効果も分からない」

俺は試しに手に入れたばかりのスキルを実行してみる。

――ようこそ、ブライ様。スキル【ログインボーナス】が解放されましたので、初回の特典をお送りいたします。

無機質な音声がそう告げたが、やはり意味が分からず首をひねる。

「特典……？」

しかし、しばらく待ってもなにかが起こる様子はない。

「うーん……これはユニークスキルのようですね」

「ユニークスキル？」

「スキルというのが、女神様からの恩寵《おんちょう》だというのはご存知ですよね？」

「子供の頃に習った気がする」

実際のところはどうなのか知らないが、スキルが与えられる仕組みが解明されているわけではないので、神の御業《みわざ》によるものという考えも、おかしくはないだろう。

「大抵のスキルは、教会でスキル授与の儀を行うことで開花し、その時にスキルの名前と効果の情報も得られるのが普通です。しかし、中には効果が不明な固有スキルが紛れ込むことがあります」

確かに聞いたことがある。

剣を扱う冒険者は通常【剣術】というスキルを身につけているものなのだが、飛び抜けた才能を持つ者の中には【魔剣士《まけんし》】や【剣聖《けんせい》】といった特別なスキルが与えられる者もいるという。

そういったユニークスキルを持つ者は珍しいものの、それでも存在しないわけではない。

俺を追放したライトなどは【槍聖《そうせい》】という特別なスキルを持っていた。あれもユニークスキルの一種だ。

「ですが……【ログインボーナス】というのは聞いたことがありません……」

「アリシアさんが知らないって……そんなことあり得るのか？」

教会は常にスキルの授与に立ち会い、ユニークスキルの情報収集を行ってきた。

その教会に所属するアリシアさんが知らないスキルなど、そうあるものではないだろう。

そうなると可能性としては……

「ブライさん、きっとそれ、新種のスキルですよ」

「新種？」

「ええ。ごくごく稀《まれ》に、これまで全く聞いたことのない未知のスキルを授かる人がいるのです。本当に数百年に一人という割合ですけど」

「未知のスキル……俺が？」

意外であった。

自分で言うのもなんだが、俺は自分のことを凡人だと思っている。

【剣技：D+】に【雷撃魔法：C-】、それらが俺の授かったスキルの代表だ。

度合いとしてはそれぞれ平均やや下、平均程度という凡庸《ぼんよう》なレベルだ。

一方で俺のレベルは既に74——冒険者の平均レベルを優に超え、ベテランの水準に片足を踏み入れている段階であった。

レベル帯に鑑《かんが》みれば、俺のスキル習熟度はだいぶ劣っている方なのだ。

才能がないという評を下しても良いだろう。

「それなのに特別なスキルなんて授かるものなのだろうか？」

ふと、疑問が口をついて出る。

あまりに現実味がなかった。こんな俺みたいな人間に、数百年に一人という新種のユニークスキルが授けられるなど、不相応な話だ。

「ブライさん……」

そんな俺の卑屈な心境を悟ったのか、アリシアさんが心配そうな表情でこちらを覗き込んできた。

「ブライさん、酷い傷を負わされたことですし、今日はゆっくりとお休みになった方がよろしいのでは？　帰るところがなければ、私が面倒を見ても……」

「それって、もしかして同棲《どうせい》の提案……」

「ち、違います!!　ヒモの面倒を見るようなもので、断じて、ど、どう、同棲なんかじゃありません」

ヒモの面倒を見てる方が、社会的に問題がありそうな気がするのだが……

「そうか。とにかく、気を遣ってくれてありがとう。俺は大丈夫だから、もう行くよ」

一人になって少し気持ちを整理しよう。

スキルのこともそうだが、元パーティのことやこれからのこと、問題は山積みだ。

俺は彼女の勧め通り、休養をとることにした。

＊

翌日、俺の自宅に、一通の手紙が届けられた。

『おめでとうございます。あなたは新スキル【ログインボーナス】に目覚めました。こちらは初回の特典となります』

「なんだこれ……」

そこに同封されていたのは、赤線で道順が示された地図と、権利証と書かれた書類であった。

「外は一層冷えるな」

妙な手紙を受け取った翌日、俺は白い息を吐きながら、駅のホームで一息ついていた。

売店で買った、トマトのしっとりとしたスープが身に沁みる。

「あれが温泉街ノーザンライトか」

俺はホームから遠くへと目をやる。

そこには吹雪《ふぶき》の中、うっすらと浮かび上がる巨大な城塞《じょうさい》都市があった。

「綺麗《きれい》な光景だな。アリシアさんの言う通りにして良かった」

――先のことは不安でしょうけど、今は少し休暇を取られてみてはいかがでしょうか？

三日前の件で傷心の俺を見かねたアリシアさんは、そんな提案をした。

旅行をする心の余裕などないと思ったが、いざ知り合いのいない地へ出掛けるとなると、鬱屈《うっくつ》した気持ちもいくらか晴れた。

さすがは聖職者、アドバイスには従ってみるものだ。

さて、俺がこれまで活動していたのは、大陸北西部にあるエルセリア王国王都、スノウウィングである。

その名の通り寒冷地に築かれた街であるため、十の月の初めだというのに雪化粧をしていた。

しかし、俺が今から向かうノーザンライト地方のとある村は、その王都よりも更に北にある、極寒の地である。

徒歩で向かうには遠すぎるが、グリューネ大陸鉄道の魔導列車を利用すれば数日の距離だ。

ただ、厳しい寒さのために、列車は定期的に停車をして、雪除けの魔法を掛け直したり、魔導機関のメンテナンスを行ったりしなければならないのが難点だ。

俺はメンテの影響で蒸気を発する先頭車両を横目に、駅で購入した魔導式のカイロを懐に忍ばせると、寝台列車の一室に入り込んだ。

「本当に豪華な車両だな……」

俺が乗り込んだのは一等車両である。

一車両の半分を一つの客室に利用した豪奢《ごうしゃ》な車両で、往復で乗れば俺の給料の数ヶ月分が吹き飛ぶほどだ。

貴族や大商人御用達《ごようたし》の車両のため、本来なら俺のような者には無縁な空間である。

「口利《くちき》きをしてくれたアリシアさんに感謝だな」

そんな俺でも一等車両に乗れたのはアリシアさんのお陰である。

彼女は俺のことを相当心配してくれているようで、今回の旅行についてもなにかと手を貸してくれたのだ。

「お土産《みやげ》、しっかり買っていかないと」

セラにはあのような振られ方をしただけに、今はアリシアさんの優しさが身に沁みる。

必ずこの恩に報《むく》いねば、と俺は心の中で誓う。

「さてと、ここからノーザンライト駅までは丸一日か」

グリューネ大陸鉄道、北の終着駅が、先ほど遠くに見えた温泉街ノーザンライトである。

といっても、温泉街というのは古い呼び名である。

年中、吹雪で荒れる極寒の地で、元々は温泉資源と観光事業によって発展してきた街である。

しかし、数十年前にマナタイトと呼ばれる、魔力を持つ鉱石が発掘されるようになったお陰で、街の様子は徐々に変化していった。

今ではマナタイトの研究が盛んに行われ、吹雪を遮《さえぎ》る結界が街の一部を覆い、最新の魔導具があちらこちらで稼働《かどう》する夢のような街である。

「帰りがけには街の観光ってのも良いかもしれないな」

実は、今回の目的地は、都市の方ではない。

そこからまたかなりの距離を移動して到達する、大陸の端だ。

昨日俺の元に届けられたのは、北の端を示す地図と、そこの土地の権利証であった。

送り主は記載されておらず、怪しいことこの上ない贈り物だ。

しかし、手紙には俺とアリシアさんしか知り得ない、【ログインボーナス】というスキル名が記されていた。

おまけにアリシアさんの術でも追跡出来ないほどに、送り主の痕跡《こんせき》は厳重に抹消《まっしょう》されていたのだ。

これらのことが決め手となり、俺はこの地図の場所へと向かい、直接真意を確かめることにしたのだ。アリシアさんから旅行を勧められたのもあって、良いタイミングだったとも言える。

「とはいえ、どうやって向かったものか……」

北国には、通常の馬よりも一回り大きく屈強な馬が生息している。

軍馬としても輸出されているそれらを借りられれば、道中もなんとかなるのだろうが……

「まあ良いか。とりあえず向こうに着いてから考えよう」

そうして俺は眠りに就いた。

久々にゆっくりとした時間が送れる。

そう思うと、気が抜けて一気に眠気が押し寄せてきた。

＊

いつの間にかぐっすり寝入ってしまっていた。

気付けば昼過ぎとなり、列車は目的のノーザンライト駅に着いていた。

「素晴らしい寝心地だったな……」

庶民の俺にはもったいないぐらいの贅沢《ぜいたく》さだ。到着まで完全に意識が飛んでしまっていた。

「魔導研究の盛んな街とは聞いてたが、こうして駅の周りを見てみると、街並みは伝統的だな」

この都市は三層に分かれていて、ここは最下層にあたる。

かつての温泉街としての姿がほとんどそのまま残っているようだ。

「ああ、あなたが最後の乗客ですね。確かブライさんですね？」

「え、ええ」

ノーザンライトの街並みをホームから堪能していると、駅員に呼びかけられた。

駅員なのだから利用客の名前を知っていて当然だろうが、一体何の用なのだろうか。

「いやあ、良かった。実はブライさん宛に贈り物が届いていて……」

「贈り物？」

不思議に思いながら、駅員の案内に従って駅を出る。

すると、俺が通されたのは駅の近くにある厩舎《きゅうしゃ》であった。

「これは……？」

そこには雄々《おお》しく美しい肉体を誇る、漆黒の馬が佇《たたず》んでいた。

「良い馬ですよ。ここでは馬車の管理もしてますから、それなりに馬を見る機会は多いのですが、その中でも彼はとびきりの肉体の持ち主ですよ」

「確かに良い馬ですね」

こんな上等な馬がいれば、厳しい北の雪原の旅も楽になるだろう。

とはいえ、まさかこの名馬が贈り物というわけではないだろう。

「それで、贈り物というのは？」

「ええ、この名馬ですよ。誰からの贈り物かは分かりませんが、ブライさん宛に届いていましたので」

「いやいや、待ってくれ。本当にこんな立派な馬が、俺宛に？」

「はい。『スノウウィングから来たブライ』と書き記されていましたからね。乗客の中で該当するのはブライさんだけですよ」

そうして、俺は駅員に手紙を渡される。

確かに、宛名には俺の名前が記されている。

「外に馬車も保管してあるので、確実に取りに来てくださいね」

「え、あ、ちょっと……」

困惑する俺を置いて、駅員は去って行く。

「贈り物って一体誰から？」

俺は手渡された手紙に目を通す。

『二日目の特典をお送りします。今後の旅路《たびじ》が良きものとなりますように』

昨日届いた手紙と同じ封筒が使われていた。

どうやら同じ送り主のようだ。

「一体どういうことなんだ」

突然目覚めた【ログインボーナス】というスキル、その効果なのか俺には「特典」とやらが届くようになっていた。

これはいたずらなのか、それとも本当に女神の恩寵なのか。

俺の行動を読み、先回りして送っているのか……なんだか不気味だ。

「一体、俺はなにに巻き込まれているんだ？」

突然解放された謎のスキル、俺に届くようになった謎の品、理由も経緯もなにもかも分からない。

「とはいえ、貰えるというのならありがたく貰っておくか」

得体が知れなくても、目の前の馬が良い馬だというのはよく分かる。

正直、疑問は尽きないが、今は深く考えずに、馬と馬車を貰い受けることにしよう。

＊

温泉宿で一泊した翌日、俺は件《くだん》の手紙に記された土地へと向かうことにした。

さて、いくら良質な馬と馬車とはいえ、この先はろくに整備もされていない雪原だ。

飢えを満たす術《すべ》は十分すぎるほど用意すべきだろうし、御者《ぎょしゃ》を俺が務める以上は寒風への対策は必須だ。

俺は街の雑貨屋で防寒具や食料をありったけ購入して、万全の準備を整えるのであった。

しかし、ほとんどの備えは杞憂《きゆう》に終わることとなった。

この漆黒の名馬は大変賢《かしこ》く、なんと地図を見せるだけで瞬時に目的地と道順を理解したのだ。北の地方の馬は上質なことで有名ではあるが、頭がいいにも程があるだろう。

降り積もる雪を物ともせずに蹴散《けち》らしながら、馬は目的地に向かって雪原を突き進んでいく。

そのお陰で俺は、馬車の中で楽にくつろぐことが出来ている。

「それにしてもこれだけ吹雪いてるのに、中はかなり暖かいな」

馬車の方も上等な代物であった。かなりの広さと豪華さで、仮眠が取れるようなスペースまでしつらえられている。

しかしなにより特徴的なのは、複数の魔導具が設置され、風よけと温熱の効果が施されていることだ。なんとも居心地の好い馬車だ。

「この中で暮らしてもいいぐらいだな」

金に困って家を追い出されたらこれに住もう。

そんなことを考えながら俺は馬を走らせる。

今俺が通っているのはノーザンライトの遥か北にある、エイレーン村への道のりである。

先ほども言ったが、ここには街道らしい街道が整備されておらず、ただ雪原が広がるばかりである。

しかし、厳しい環境にありながら、馬はほとんど休みなく走り続けている。

並の馬なら、地面に積もった雪に足を取られてうまく進めないだろうし、体力の消耗《しょうもう》も激しかっただろうが、この馬からはわずかな疲れも見て取れない。

「このペースなら、明日の昼には着くかもしれないな」

簡易テントにカイロ、食料品と万全の備えこそしたが、この馬の体力ならばそれほど気を揉む必要はなかっただろう。

俺は馬に感謝しながら馬車の中で横になる。

「本当に至れり尽くせりだな」

随分と酷い目に遭ったものだが、突然権利証とやらを貰って、昨日は道を進むための足まで貰った。

こんなにうまい話があるものだろうか。それだけに警戒もしてしまう。

何の代価もなくこんな良い思いをするなど、なにか裏があるのではないだろうか、と。

「ま、それは村に着いてからだな」

依然として気になることはあるが、答えが出ないのならあれこれ悩んでも仕方がない。

俺は持ち前の楽天主義を少しずつ取り戻し始めていた。

「さて、そろそろ馬を止めて夜を明かすか」

いつの間にか日が暮れ始めていた。

屈強な名馬ではあるが、随分と長いこと走らせ続けていたのだ。休息は必要だろう。

俺は風の避けられそうな洞窟《どうくつ》を探し当てると、そこに馬車をとめて夜を明かすことにした。

「人や魔獣がいる気配はなし、と。普通なら火をおこして暖をとるところだが、この馬車の中で過ごすならそれも不要だろう」

俺は馬に外套《がいとう》をかけてやると、携行していた干し肉を取り出し、腹を満たすことにした。

「しかし、広い洞窟だな」

偶然見付けた場所だが、奥は思ったよりも広々としているようであった。

腐っても冒険者、俺は好奇心に駆られて、洞窟の奥を探索することにしてみた。

「これは……先史文明《せんしぶんめい》時代の遺跡だろうか」

さて、奥へ奥へ進むと、そこには高さ10メートルはあろうかという立派な扉が、洞窟に埋め込まれたように鎮座《ちんざ》していた。

未知の石材で構築された白亜《はくあ》の扉、それはずいぶんと古い時代のものだった。

「仕事柄よく見かけたけど、この時代の遺跡は誰も扉を開けたことがないんだよな」

先史文明時代の遺跡には物理的な施錠《せじょう》がされておらず、魔導機構によってロックが施されている。

しかし、未だそれが解析されたことはなく、この扉の向こうに存在するものを知る者は、誰一人としていない。ここも、仮に周囲の岩盤を破壊出来たとしても、奥にある遺跡の壁までは破ることが出来ないだろう。

「遺跡はあったが、探索はここまでか」

解錠方法が分からない以上は探索のしようがない。俺は馬車に戻ろうと引き返す。すると……

――エイレーンの加護《かご》を確認しました。資格者と認め、封印錠を解錠します。

無機質な音声と共に、巨大な扉が開かれていった。

「嘘だろ……」

人類の長い歴史の中で一度も開かれたことのない遺跡が姿を露《あら》わにする。

俺は歴史的な瞬間に立ち会っていた。

扉の向こうに広がっていたのは、現代とはまるで趣の異なる、紺碧《こんぺき》の空間であった。

壁や床はつるつるとしていて、それでいて俺の知るどの材質よりも硬い。それだけでも、とても興味深い。しかし、それ以上に気になるのは……

「……これは氷か？」

扉の向こうにあったのは、凄まじい冷気を放つ巨大な物体であった。

不純物の欠片《かけら》もない美しく透き通った氷、それが扉の向こうで鎮座していたのだ。

「なんて綺麗《きれい》なんだ……」

しかし、俺がなによりも目を奪われたのは、氷の中で眠る少女であった。

透き通るような美しい銀の髪、まるで絹《きぬ》のように濁《にご》りのない白い肌、人間離れした美貌の持ち主がそこにいた。

「いや、待て……人⁉　なんでこんなところに……」

ふと我に返る。

その美しさに思わず見とれてしまったが、氷の中に少女が閉じ込められているなど、只事ではない。俺は少女を助けようと、慌てて氷を砕《くだ》きに掛かる。

ところが——

「はぁ……はぁ……ダメだ、びくともしない」

近くの石を手にして何度も叩き付ける、それが駄目ならと腰の剣で、魔法で——俺はありとあらゆる方法で、氷の中から少女を助けようとした。

しかし、石は砕け、剣は折れ、魔力が尽きるほどに攻撃を加えたにもかかわらず、氷は傷一つつかなかった。

「一体どうすれば……」

恐らくただの氷ではない。

高度な魔法の技術で生成されており、しかるべき方法で解呪しなければならないのだろう。

しかし、そうなると、俺の貧弱《ひんじゃく》な魔力ではどうしようもない。

俺は解呪の方法を必死に思案する。

「力もない、魔力もない、そんな俺だがなにか出来るはずだ……」

国を頼るか？

幸い、近くには魔導研究で栄えたノーザンライトがある。

だが、果たして今の技術でこの氷を溶かせるのだろうか。

教会？

彼らの中には解呪に長《た》けた者も多い。教会に蓄積された知見《ちけん》が役に立つかもしれない。

「だめだ、時間が掛かりすぎる……」

この少女は一体いつからこんな目に遭っているのか。

昨日今日の出来事なのか、数ヶ月か、数年か、それとも……

呪いに疎《うと》い俺にはなにも分からない。

だが、彼女をこのままにしておくわけにはいかない。一刻も早く、助けてやらねば。

「とはいえ、俺になにが……」

俺にはなにもない。

力も魔力もスキルも……

「スキル……？」

いや、もしかしたらこの状況を打破出来るかもしれない。

藁《わら》にも縋《すが》る思いで俺はスキルを発動させた。

【ログインボーナス】――得体《えたい》の知れないこのスキルのことを、俺はまだ理解していなかった。

なぜ俺にだけ使えるのか、どんなものが貰えるのか、どんな経緯で貰えるのか。ただ確かなことは、このスキルによって俺は便利なものを得られるということだ。

それなら、今彼女を救えるなにかを出してくれ、俺はそう願うのであった。

――エイレーンの地への到着を確認しました。【ログインボーナス】の機能を解放し、本日の特典300マナを抽出《ちゅうしゅつ》します。

すると、無機質な音声と共に、突然周囲がぼうっと蒼白く光ったかと思うと、淡い光が俺の中へと吸い寄せられていった。

「なんだこれは……？」

【ログインボーナス】

利用可能マナ：300

――任意の特典をお選びください。

今までとは明らかに異なる表示だ。

これまではスキルを発動させようとしてもなにかが起こることはなく、勝手になにかが贈られてくるのみであった。

「この特典ってのは自分で選べるのか？」

――新規アイテムの開発、既存のアイテムの複製、経験値の獲得、ステータスの上昇、装備への付与など、なんでもお選び頂けます。

「ログイン」というのがなにを指しているのかよく分からないが、ボーナスと言うだけあって、任意の特典が得られる仕組みのようだ。

「なら、この呪いを解くためのアイテムを貰うことは出来ないか？」

――既存のアイテムの複製なら可能です。解析のために、該当のアイテムを提示してください。

無機質な音声と共に、目の前に淡い光がぼうっと浮かんだ。

それはゆっくりと収束していくと、正八面体の不可思議な物体へと変化していった。

「いや、同じものが欲しいわけじゃなくて、新しいアイテムが欲しいんだ」

――申し訳ございません。新規アイテムを希望される場合、生成されるものはランダムとなっております。

必ずしも、万能というわけではない……か。

とはいえ、解呪のスキルを持ち合わせていない以上は、その【開発】とやらを選択するしかなさそうだ。

「いちかばちかだ。その新規アイテムの開発を頼む」

――消費マナに応じて、生成されるアイテムの質が変わりますがどうされますか？

マナというのは、貨幣のようなものだろうか。先ほど300付与されたということは、恐らくその中でやりくりしてアイテムを貰えば良いのだろう。ならば、ここは出し惜しみなしだ。

「全部だ」

――かしこまりました。300マナを消費して、新規アイテムを開発します。

分の悪すぎる賭けだが、俺はこの状況を打破するために、自分に目覚めた新たな力に頼ることとした。

ブォオンッと低く重い振動音が響き、目の前の八面体が淡い光を放つと、藍色《あいいろ》の首飾りがその場に生み落とされた。

俺は首飾りを拾い上げると、スキル【鑑定眼】を発動させ、じっくりと眺める。

「……駄目だ。俺のスキルレベルじゃ、どういう効果があるのか分からない」

俺の【鑑定眼】のスキルレベルはDランクで、せいぜい毒のある木の実や植物、Dランク以下の装備品の材質や付与効果が見分けられる程度のものだ。

「俺が鑑定出来ないということは少なくともCランク以上、それなりの効果は持ってるのだろうが……」

しかし、効果が分からない以上はどうしようもない。

「見たところ、普通の首飾りにしか見えないし、使い方も分からない……クソッ、俺にはどうしようもないのか？」

苦肉《くにく》の策もあてが外れ、もはや為《な》す術もない。

目の前に苦しんでいる者がいるのに、俺の実力ではなにもしてあげることが出来ない。そのことがどうしようもなく悔しかった。

「こうなれば明日、教会を頼ることも視野に入れるべきだな……」

日が暮れ始めてからだいぶ経った。外も真っ暗になっている頃だろう。

いくらあの馬が規格外だとしても、夜更けに吹雪の中を走らせるのは危険だ。

「大丈夫だ。俺がなんとか出す方法を探してやるからな」

俺は氷の中の少女に語りかける。

彼女を解放することが出来ず、もどかしい気持ちだが、今は手立てがない。

俺は口惜しさを感じながらも、その場を後にするのであった。

＊

「起きてください、ご主人様」

「ん……？」

まどろみの淵《ふち》から、俺に呼びかけるような声が響いた。

そうだ、結局昨日はあの少女を救う手立てが見つからず、一度馬車に戻っていたのだった。

「今日こそは、なんとか彼女を助け出さないとな」

「それって私のことですか？」

「ああ…………………………………え？」

突如響いた予想外の声に驚く。

俺は寝ぼけ眼《まなこ》を慌ててこすると、まぶたをしっかりと開いて、周囲を見回してみる。

「おはようございます、ご主人様」

すると、目の前にはスカートの裾《すそ》をつまんで、ひらりとお辞儀《じぎ》をする銀の髪の少女の姿があった。

それは紛れもなく、氷の中で見た少女であった。

「昨日は助けて頂いてありがとうございます。これより誠心誠意《せいしんせいい》、務めさせて頂きますので、どうか末永く仕《つか》えさせてください」

「え……？」

この日、俺に届けられたのは、メイドを自称する可憐《かれん》な少女であった。

第二章

さて、気付いたら隣にメイド（？）の少女がいた。

実は例の【ログインボーナス】が発動して彼女が解放された……というわけではないだろうな。

「どうかされましたか？」

「どうかもなにも、朝起きたら突然美少女がそこにいて、俺に仕えると言われたら困惑もする……」

「お嫌ですか？」

「嫌というか状況が呑み込めないというか……君は何者なんだ？　それにあの氷をどうやって」

彼女を閉じ込めていたのは恐らく氷系統の結界で、余程の実力者であっても解呪は難しいであろうという代物であった。それがどうして翌日になって、跡形もなく消え去っているのだろうか。

「私の名はエスティアーナと申します。家族や親しい友人はエストと呼んでいました。この度は助けて頂いてありがとうございます」

彼女は自己紹介すると、優雅《ゆうが》な所作で頭を下げた。

随分と育ちの良いお嬢さんのようだ。

「俺の名前はブライだ。しかし、助けたってのは……どういうことだ？」

あの氷に対して俺は無力であった。

唯一の取り柄《とえ》の【ログインボーナス】でも解呪出来ず、他になにかしたような記憶はない。

「私はある日、あの万年氷《まんねんごおり》に封印され、以来気の遠くなる時間をあの中で過ごしました。ですが、あなたが訪れたことで、封印が解けたのです。そして傍《かたわ》らにはこれが」

そう言って彼女は手紙と藍色の首飾りを差し出してきた。

「これは……俺が昨日出した奴だな。それにこの手紙は……」

こちらは見た記憶がない。見落としていたのだろうか。

ともかく俺は、彼女の差し出した手紙に目を通してみる。

『気になるところに置くだけで、簡単に契約を破棄出来る【破約《はやく》のアミュレット】を贈ります』

なんだ、この簡素で適当な文章は。

贈り主は文面を考えるのに飽きてきたのだろうか？

まさか、このまま三日坊主《ぼうず》で【ログインボーナス】とやらも打ち切られるのでは……

不意にそんな考えが頭をよぎったが、まあそれはいい。

俺は改めて彼女に話を聞くことにした。

「とにかくこれのお陰で氷が溶けたみたいだな。呪いじゃなくて契約を破棄したってのが気になるが、なにか心当たりは？」

「いえ、私が封印された理由も分からないので……」

「そうか……」

そもそも人を氷に閉じ込めるなど、あまりに常軌《じょうき》を逸《いっ》している。

その実行者は、彼女に相当な恨みを抱いていたのだろう。

「でも、こうして出られて良かったです。ずっと、私を救ってくれる人を待ち望んでいましたから」

「ずっと……か。一体どれぐらいの間、ここに閉じ込められてたんだ？」

一週間？　一ヶ月？　いずれにせよ本当に酷い話だ。

「正確には……分かりませんけど、二千年ぐらい経ってると思います」

「に、二千年……!?」

待ってくれ。彼女がこんな目に遭ったのは昨日今日の出来事ではなく、二千年も昔の出来事だというのか？

二千年前と言えば、もはや文献も残っていないほどの古《いにしえ》の時代だ。

まさかそんな気の遠くなるような時を、あの氷の中で……？

「封印されたとはいえ、時折意識が目覚める時もありました……」

そう言って彼女は苦しそうな表情を浮かべた。

「意識や感覚ははっきりしているのに……どんなに願っても身体が全く動かない。そのことがどれほど恐ろしいことか分かりますか？　避けようのない寒さが全身を蝕《むしば》む感覚が……？　だから私は、この恐ろしく寒々しい氷から助け出してくれる、そんな人が現れたら、この身と心を生涯捧《しょうがいささ》げようと誓《ちか》いました」

さらりととんでもないことを彼女は言ってのけた。

「い、いやいやいや、待って欲しい。確かに、結果的に君を助けた形にはなったけど、俺はたまたま通りかかっただけで、そんな男に身も心も捧げるっていうのは……」

感謝の気持ちは伝わるが、それでも折角《せっかく》拾った命なのだから、もっとこう、自由に生きて欲しいものだ。

「俺はほんの少しの感謝の気持ちがあれば十分だ。それとほんの少しじゃない報酬《ほうしゅう》が……あ、いやなんでもない。とにかく、助けられたことを恩に感じなくていい」

「私だって誰が相手でも良いなんて思ってません。でも昨日、あなたが必死に私を助けようとする姿を見て……あなたなら信用出来ると思ったんです。それに、私にはもう誰もいないですから……」

そう言って、エスティアーナは寂しげな表情を浮かべた。

「誰一人として私のことを知らず、右も左も分からない世界で一人で生きるなんて辛すぎます……それなら、私は信用出来るあなたに仕えていたい。それが孤独になった私の望みなのです」

「そういうこと……か……」

二千年、それは彼女から家族や友人を奪い去るには十分過ぎる。

彼女の想像を絶する境遇《きょうぐう》を思えば、とても比較にはならないが、それでも居場所を失い一人になってしまった俺とどこか重なって、見過ごせなかった。

「……なら、一緒に来るか？　俺も丁度仲間に見捨てられて、寂しい一人旅をしていたところなんだ。俺のことを信用出来なくなったらその時まででいいし、一緒についてきてくれる仲間がいると俺も嬉しい。どうだ？」

「もちろん!!　喜んでお供《とも》します!!」

そうして、パーティを追われ一人になった俺に、新しい仲間が出来た。

まだ、お互いのことはよく知らないが、それでも彼女のことは信じられるような気がする。

もちろん、確証なんてない。根拠はなんとなくだ。

「まったく、我ながら人がいいな……あんな風に裏切られたばかりだってのに」

彼女に聞こえないようにぼそりと呟いた。

俺が甘すぎるのだろうか、それとも学習していない証なのだろうか。

きっと、事情を知る者からすれば、どうしてそんな簡単に他人を信じるのかと呆れられそうだ。

だが……

「あ、でも、一つだけ言わせてください」

彼女はそっと俺の服の袖をつまんで、ちょこんと引っ張った。

「なんだ？」

「多分、私がブライさんを信用出来なくなるなんてこと、ないと思います」

「それはどうしてだ？」

「なんとなく……です」

どうやら、彼女も俺と同じ気持ちのようであった。

＊

「さてとここか……随分と綺麗な場所だな」

長旅を終え、俺はようやく地図の場所にたどり着いた。

目の前には美しい湖が広がっていた。

まるで蒼玉《そうぎょく》のように透き通った湖で、寒さのせいか湖の一部が凍りついている。

白波の模様を描く氷は、湖の蒼さを一層際立たせ、言葉に言い表せない絶景を作り出していた。

そしてその中には、立派な城壁に囲まれた、古城のような趣深《おもむきぶか》い建物があった。

「こうして実際に目にしてみると、本当に立派な城だな」

「そうですね。ここ、ブライさんのおうちなのですか？　もしかして実は、とても偉い人だったり
……」

「偉い人ではないが、多分ここは俺のおうちになるだろうな」

「た、多分……ですか？」

エスティアーナ……エストが不思議そうな表情を浮かべた。

ギルド追放を機に目覚めた謎のスキル【ログインボーナス】、その最初の贈り物がこれだった。

手紙に同封されていた権利証は、この建物についてのものだったのだ。

ただ正直に言うと、今でもあの手紙がいたずらであった可能性を捨て切れないでいた。

「もしかして、君はブライさんかい？」

城の前で立ち尽くしていると、眼鏡《めがね》を掛けた理知的な青年が話しかけてきた。

「初めまして。僕の名はセイン、この村の代表代理を務めている者だ」

「こちらこそ初めまして、セインさん。しかし、どうして俺の名前を？」

「その……信じられないだろうけど、この城は先日、突如《とつじょ》としてここに出現したんだ。僕達も何事かと調べてみたのだけど、なにか結界のようなものが張られていて入れず……ただ表にこれが」

セインと名乗る青年の手には、既に見慣れた手紙が握られていた。

「また、これか」

「また……とはどういうことだい？」

「ああ、いや、こっちの話だ」

俺はセインさんから手紙を受け取ると、それに目を通す。封筒には金色の刺繍《ししゅう》が施されていた。

それは、ここ数日何度も受け取っていた手紙と同様のものであった。

『ようこそ、ブライ様。エイレーンはあなたの来訪を歓迎します』

エイレーンというのはこの村の名前だ。そういえば昨日、あの声が「エイレーンの地への到着を確認しました」と言っていたが、この村に留まらず、この辺り一帯がエイレーンと呼ばれる土地ということなのかもしれない。

さて、セインさんの話を聞くに、その真意はともかく、俺は本当に何者かによってこの城に招かれたようだ。

「いたずらにしては手が込んでいる……か」

既に馬や馬車、アミュレットなどを貰った。そして、決定的なのがこの城だ。

仮に悪意があったとしても、あまりにも金が掛かりすぎている。

「ああ、いかん。何にも分からん……」

どうしてそこまでするのだろうか？

俺に目覚めたスキル【ログインボーナス】は余りにも異質だ。

毎日なにかが支給されるスキルなんて聞いたことがないし、貰えるものも破格のものばかりだ。

加えて、そこには誰かの意志を感じる。

俺をこの地に導きたいという意志を。

だが、それが不思議なのだ。

これといった能力はなにもない。冒険者としては並以下、そのせいで仲間にも裏切られた哀れな男が俺だ。

「…………自分で言ってて少し傷付いた」

いくら自分のこととはいえ、言いすぎた。

「ブライさん？」

黙り込んであれこれと思い悩んでいると、エストが心配そうに顔を覗き込んできた。

「なにかあったのですか？」

「なにかありすぎて、混乱している」

「まあ、無理もないと思うよ。実際、僕も混乱しているんだ。村は色々と大変だっていうのに、村外れにはこんなのが出来てるし、村の人に聞いてみても心当たりはないって話だし……はぁ……」

セインさんは盛大なため息をついた。

事情は分からないが、何やら随分と困っている様子だ。

「なにか困り事でもあるのか？　なにかあれば力になりたいところだが……」

「本当かい？　ああ、でも……他人をこの村の事情に巻き込むのは気が引けるよ……こういう時に冒険者ギルドがあればなあ……」

「どれだけ力になれるかは分からないが、冒険者ならここにいる。一応な」

既にギルドを追い出された身だが、冒険者の身分が剥奪《はくだつ》されたわけではない。

「……まさか、君は冒険者なのかい？　それなら大いに頼りたいところだよ!!　今本当に困っててね」

まあ、冒険者といっても、実力は並以下なのだが、それでもなにか知恵ぐらいは貸せるだろう。

いざとなれば、早馬でノーザンライトに戻って、他の冒険者を連れてきても良い。

「ああ、だけど、まずはゆっくりと休んでもらった方がいいね。随分と長旅だったみたいだし」

「そうだな。そうさせてもらえると助かる。とはいえ、そこの城は封印されてるって話だったが……」

ふと、何の気なしに城の門に触れてみる。

――ブライ・ユースティアの来訪を確認しました。封印を解除します。

すると、無機質な音声と共に、ごうっという音を立てて、重厚な門がゆっくりと開かれたのであった。

＊

「おはようございます、ブライ様。朝ですよ」

「ん………？」

誰かが俺を呼ぶ声が聞こえる。

どこか心が安らぐ、とても澄《す》んだ声だった。

「あれ、どこだ……ここ？」

まぶたを開くと、見慣れない天井が視界に飛び込んできた。

純白の石材に囲まれた、きめ細かい装飾が施された豪奢な部屋だ。

どうして、俺はこんなところに……

俺は未だ眠気が抜けない状態で、周囲を見回す。

「ブライ様、なにを寝ぼけているんですか？　昨日、到着したばかりじゃないですか」

「え、ああ……」

そうか、そうだった。

ここは例の【ログインボーナス】で案内された城だ。城門を開いた後、ここで一晩過ごしたのだった。

「おはよう、エスト。起こしに来てくれたのか」

誰かの声で目が覚めるなんて、いつぶりだろうか。

「昔はこうして……」

ふと、昔のことを思い出す。

【月夜の猫】に加入するよりもずっと前のことだ。

その頃にも、こうして俺を起こしてくれる人がいた。

「こうして……なんですか？」

「いや、昔のことを思い出してただけだ。こうして誰かに起こされるってのは久しぶりだからな」

「そうですか……」

彼女は詳しく聞きたげな様子だ。

とはいえ、愉快《ゆかい》な話でもないので、話すのは憚《はばか》られる。俺は話を変えた。

「ああ、それで。朝食はどうしようか。街から持ってきた保存食は一応あるが」

「それなら、準備は出来ております。今朝セインさんが食料を届けてくださったので、スクランブルエッグなるものをご用意しました」

「そうか……」

俺はしばらく黙り込むと、彼女をじっと見ながら考え込む。

先ほどから抱いているこの違和感、一体どうしたものか……

「えーっと……どうかされましたか？」

そうしていると、居心地が悪そうに彼女が尋ねてきた。

俺はこれ幸いと、ゆっくり口を開いた。

「いや、そのブライ様って呼び方とか敬語がどうにもむず痒《がゆ》くてな。呼び捨てにしてくれて構わないし、もっと砕けた感じで話して欲しい」

「ですが主従関係にある以上は――」

「俺は主従だと思ってない。昨日も言ったけど、俺は君のことを仲間として歓迎したいんだ」

「え……？」

「嫌か？」

「いえ……そんな風に言ってもらえて嬉しいです」

そう言って、彼女はそっと俯《うつむ》いた。

随分と恥ずかしいことを口にした気がするが、そのせいで彼女も照れているのだろうか。

なんとなく気まずい沈黙が訪れる。

「うん、分かった」

そしてしばらくの沈黙の後、彼女はなにか決心したかのように咳払《せきばら》いをした。

「それでは改めて……朝食の準備が出来たよ、ブライ」

彼女は屈託《くったく》のない笑みを浮かべた。

「うん、やっぱり、そんな感じの話し方の方が肩が凝らなくて済む」

さっきまでのむず痒さが完全に消え去る。

やはり下から来られるよりも、こうして対等に話してもらう方がずっと気が楽だ。

「……私もこっちの方がしっくり来るかも」

この距離感こそが、お互いにとって最も心地の好いものなのかもしれない。

「しかし……」

そうして、気がかりなことが一つ解決したところで、俺は改めて考え込む仕草で彼女を見つめた。

「え、えっと、どうしたの？　あんまりじろじろ見られると恥ずかしい」

「いや、よくよく考えたら、エストは二千歳を超えてるんだよな？　むしろ、俺が敬語使った方がいいのか？」

「…………ばか」

ふと頭の中に湧いた冗談を告げると、彼女は少し拗《す》ねたように口を尖らせるのであった。

＊

接客用に備え付けられた饗応《きょうおう》の間《ま》に降りると、俺達はエストの用意した料理を頂くことにした。

久々の人との食事だ。

ギルドで事務をしていた時は、誰かと食事を共にする機会などなかった。

仲間と食事に行くこともなければ、恋人のセラですら時間が合わず、ほとんど顔を合わせることはなかった。

……いや、今思えば時間が合わなかったんじゃなくて、ライトと二人で会ってたんだろうな。

改めて振り返ってみると、今更ながら合点《がてん》がいってしまい、少しへこむ。

「どうしたの、ブライ？」

そんな俺に、エストが声を掛けてくれる。

「味付け合わなかった？　セインさんに聞いて今の時代の料理に近いものを選んでみたけど、それでも二千年前のレシピだから」

「いや、味は最高だよ。このスクランブルエッグ、ほど良い半熟加減で店の料理にも引けを取らない。まさか二千年前にも同じような料理があったなんてな」

「私も驚いたよ。でも、口に合ったみたいで良かった」

お世辞《せじ》でなく、実際、味付けも料理も現代のそれとほとんど差がない。

彼女のいた時代で文明は一度滅びたものとされているが、それでもこうして今との繋がりを残しているとは不思議なものだ。

「それで、昨日の件はどうするの？」

「ん？　ああ、あれか……」

あのセインという男性、相当に困っているようであった。

それなのに、突然、村にやってきた俺達を歓迎してくれて、こうして食料まで恵んでもらった。

当然、彼の頼みであれば聞き届けたい。しかし……

「出来ることならなんでもしたいんだがなあ……」

つい、ぼやけた言い方をしてしまう。自信のなさの表れだ。

「気が進まない？」

「いや、そういうわけじゃない。ただ、正直に言ってしまうと、俺は冒険者だがあまり強くないんだ。厳密にはステータスが伸び悩んでいるというか……」

「ちょっと見せてみて」

そう言うや否《いな》や、彼女は俺に肩を寄せて密着してきた。

「ち、近いんだが……」

「平気平気、それよりもほらステータス、ステータス」

俺は促《うなが》されるままにステータス画面を見せる。

レベル：74
体力：D+
力：D+
魔力：B-
守備：D
魔法耐性：C-
敏捷性《びんしょうせい》：C

幸運：D-
スキル：【剣技：D+】【雷撃魔法：C-】【体力回復：D】【魔力回復：E】【高速詠唱《えいしょう》：E】【鑑定眼：D+】【ログインボーナス：EX】【聞き耳：C-】etc…

「うーん、変だね。これだけレベルが高かったら、もっといいステータスでもおかしくないのに」

「俺も変だと思うんだが、レベルが30台に突入してからほとんど変化してないんだ。普通は積み重ねた戦闘経験やスキルの使用回数で、もっと変動するもんなんだけどな」

このステータスの伸び悩みが、かつてのパーティメンバーとの別れの切っ掛けであった。

中級の魔獣までならなんとかなっても、上級種になると歯が立たず、俺は完全なパーティのお荷物になっていた。

必死に鍛錬を繰り返して彼らに追いつこうともしたが、その成果は芳《かんば》しくなく、俺はとうとう事務職に回されてしまった。

「だから、役には立てなそうなんだ。もちろん、こんな俺でも出来ることならなんでもするつもりだが」

「……分かった。それなら私がどうにかするよ」

「え……？」

「これでも魔術には自信があるんだ」

今度は、エストがステータス画面を開いて見せてくれる。

レベル：82
体力：D-
力：E
魔力：S+
守備：E
魔法耐性：B+
敏捷性：B
幸運：A+
スキル：【霧氷《むひょう》魔術：S+】【暗黒魔術：A+】【治癒《ちゆ》魔術：C】【マナ回復：A+】【高速詠唱：A】
【多重詠唱：A】etc…

「な、なんだこのステータスは⁉」

彼女のステータス値に驚く。

物理関係のステータスこそ標準より下だが、魔力系のステータスは並の魔道士の比ではない。

Sランクと言えば、その道の達人が到達する領域だ。

かつての俺の仲間であるライトは、若手最強と噂されるほどの実力者だが、そんなライトですら【槍術】のスキルはAランク止まりである。

そう考えると、彼女のステータスは常軌を逸していると言えるだろう。

「凄いな。君は相当才能のある魔道士だったんだな」

「えっへん。言ったでしょ、これでも魔術には自信があるんだ」

「魔術……？　魔法じゃなくて？」

「えっ？　私達は魔術って呼んでるけど」

二千年前と今とでは呼称が少し変わるのだろうか。とはいえ、細かな違いではあるか。

「それにしても、すごいな。君は一体何者なんだ……？」

「普通の魔術学院の学生だったよ。私ぐらいのステータスの人は珍しくなかったと思うけど。魔獣が今よりも凶暴だったのかな？」

普通の学生がこの水準って、どれほどの魔境《まきょう》だったんだ二千年前。

「ま、そんなわけだから、いざとなったら私に任せてよ。ブライには助けてもらった恩があるし、ブライの分まで頑張るから」

「ああ、ありがとう……」

そうして食事を終えると、俺達はセインさんの元へと向かうこととした。

少し情けない気分だが、これも適材適所《てきざいてきしょ》というやつだろう。

＊

俺の受け取った城は、村の近くにある湖の上に建てられている。

俺達は湖の上に架《か》けられた橋を渡って、エイレーン村へと向かう。

「これは……」

湖の沿岸に広がる農村では、セインさんを中心に、崩れた家の修理や外壁の補修、武器の手入れが行われていた。

「ブライさん。来てくれたんだね。今朝の食事はどうだった？」

「ああ、卵も塩漬《しおづ》けされた肉も、どれも美味しかった。村が大変だってのに届けてくれてありがとう」

「気にしないでくれ。折角こんな辺鄙《へんぴ》な村に来てくれたんだから、少しはもてなさないとね」

歓迎してはくれているものの、気がかりなことが山積みなのか、セインさんが心配そうな表情で辺りに目をやった。つられて俺も辺りを見てみる。

村の中は随分と荒らされていた。

家が何軒も破壊され、畑には魔獣由来の毒液が撒《ま》かれているようだ。

村人の中には怪我をしている者も少なくなかった。

「これは一体どうしたんだ？　魔獣でも侵入したのか？」

「魔獣……か。それだけなら良かったんだけどね。ここ最近、魔族の襲撃が相次《あいつ》いでいるんだ」

「魔族……ここには魔族が湧くのか？」

魔族というのは、人類と敵対する人型の種族の総称である。

姿形こそ人間に近いが、本能のままに生きる魔獣とは違って、彼らは明確な悪意を人類に対して抱いている。

「ああ。以前から魔獣が村を襲うことは何回かあったんだけど、三日前から、魔族が現れるようになってね」

「ゴブリンか？　それともオークか？」

「今回襲撃してきたのはゴブリンかな。なんとか撃退は出来たけど……村の人達も負傷してしまって……」

ゴブリンは魔族の中でも最低位の存在だ。冷静に対処すれば、撃退は難しくない。

とはいえ、戦いを専業としていない村人には、骨の折れる相手だろう。

「村の防壁も崩れてしまったし、怪我で立てない人も大勢いる。正直、かなり困ってるんだ」

元々この村には物見遊山《ものみゆさん》気分で来ただけだったが、随分と大変なことになっているようだ。

「そうか、それなら俺もなにか力になれればいいんだが……ゴブリンくらいならやってやれないことはないし」

とはいえ冒険者としては並以下の俺だ。

出来ることと言えば、せいぜい低位の魔族を相手にするのと、得体の知れないスキルを使うことぐらいだろう。

「いや、待てよ……」

そう言えば、今日は【ログインボーナス】を発動させていなかったはずだ。

このスキルがあれば、彼らの力になれるかもしれない。

「セインさん、今この村で足りてないものはないか？」

「うーん……一番は住む家だね。前の襲撃でほとんどの家が壊されてしまって、今は宿屋や僕の家を開放して、ありったけの毛布で凌《しの》いでる有様なんだ」

こんな北国では暖を取るにも限界がある。

今だって肌を切り裂くような冷気に悩まされているのに、夜間に寒さを凌げるものが毛布だけというのは死活《しかつ》問題だ。

「なあ、もしかして食料も不足してるんじゃないか？」

今朝は食べ物をいくらか分けてもらったが、この様子ではもしかしたら食料の備蓄にも問題を抱えているかもしれない。

そう思って、俺はセインさんに尋ねてみる。

「ああ……いや、今朝のことなら気にしなくて良いよ。この村では客人を快くもてなすのが習わしだからね」

「その口ぶりだと、やはり備蓄も万全じゃないということか」

「はは……まあ、実はそうなんだ。だけど今朝贈ったのは、僕の分だから本当に気にしなくて大丈夫だよ」

俺はそれを聞いて思わずため息をつく。

決して呆れたからではない。こんな風に気を遣わせておいて、自分はのんきに城で寝泊まりしていたのが恥ずかしかったからだ。

「そこまでしてもらったら、俺もなにもしないわけにはいかないな」

俺は早速【ログインボーナス】を発動させる。

【ログインボーナス】
利用可能マナ：１０００
――任意の特典をお選びください。

ん？

何やら昨日に比べてマナが増えている。

確か一日に３００マナが抽出されるという話だったはずだが……

――魔族が討伐されたので特別ボーナス７００マナが抽出されました。本日の利用可能マナは１０００マナとなります。

そんな俺の疑問に答えるように、無機質な音声が言葉を発した。

どうやら、魔族討伐がこのマナとやらを増やす鍵《かぎ》になっているようだ。

とはいえ討伐したのは村人で、俺じゃないのだが、一体どういうことなのだろう。まあ、今は気にしても仕方ないか。

村の役に立つものは出せないか？　食料とか家とか、暖が取れるものが出せると良いんだが。

俺が心の中で問いかけると、声が答える。

――食料の量産は可能です。10マナ消費することで、一人一日分の量が生成出来ます。

セインさんによれば村人は四十八人いるそうだ。

俺とエストの分も含めれば五十人、一日当たり500マナを消費すればどうにかなる計算だ。

ちなみに家はどうだ？

――この村の技術水準と、必要とされる建材から計算すると5000マナほどで大規模な家一軒を複製することが出来ます。

なるほど、家を作ること自体は可能なようだ。

「だが5000マナか……」

現状のマナ抽出量は300、毎日のマナを全て溜め込んで二週間に一軒のペースだ。

しかし、この寒空の下でこのまま二週間やり過ごすのも無理な話だ。

「そうなると寒さを凌げる別のなにかを生み出すしかないな」

今説明を受けたのは、【ログインボーナス】の【複製】という機能らしい。

しかし、エストの封印を解除した【破約のアミュレット】のように【開発】の機能を使えば、当面の問題は解決出来るかもしれない。

「ねえねえ」

その時、エストが俺の背中を小突《こづ》いてきた。

「さっきからなにをブツブツと喋《しゃべ》ってるの？」

「それは……」

気付いたら【ログインボーナス】とのやりとりが口に出してしまっていたらしい。

エストが怪訝《けげん》そうな表情を浮かべている。

【ログインボーナス】の音声は他人には聞こえない。

それにもかかわらずこうして口に出してやりとりをすれば、少し頭のおかしな人間に見えてしまうだろう。

次は気を付けねば。

――少しで済めば良いのですが……

待て。今なにか言わなかったか？

――いえ、なにも。

明らかに冗談を言ったような気がするのだが、この音声はどういう原理で流れているのだろう。

――細かいことはお気になさらず。それで、いかがいたしましょうか？

音声はまるで、はぐらかすように俺に特典を選ぶよう促す。

「まあいいか……とりあえず500マナで食料を生成、もう500マナでなにか役に立ちそうな物を開発してくれ」

――了解いたしました。

無機質な音声と共に、目の前に蒼白い光が現れた。

それはゆっくりと収束していくと、やがて〝なにか〟を形作っていく。

「エスト、実は俺は妙なスキルが使えるんだ」

「妙なスキル？」

「ああ、【ログインボーナス】っていうんだが」

同時に光が収まり、目の前に食料とランタンのようなものが現れた。

「ブライさん、これは⁉」

突然現れた食料の山に、セインさんが目を丸くする。

「一宿一飯《いっしゅくいっぱん》の恩義ってわけじゃないが、役立ててくれ」

「ま、待って。ブライ、これどうやって出したの？」

エストもやはり混乱していた。

「俺にもよく分からない。ただ【ログインボーナス】っていうスキルを使うと、こうして〝特典〟ってのが貰えるみたいなんだ」

俺はこれまでの経緯を軽く説明する。

セインさんは首を傾げつつも、納得したような表情だ。

「僕もそれなりにスキルについては知ってるつもりだったけど、【ログインボーナス】っていうのは完全に初耳だよ。でも、そうか。あの城が現れたのも君の力によるものだったんだね。本当に不思議なスキルだ」

「とはいえ、今のままだと生み出せる量にも限界があるみたいだ。毎日こうして食料を捻出《ねんしゅつ》するってのは難しいな」

「いやいや、こうして今日を凌げる分を分けてもらえるだけで十分だよ。本当にありがとう」

セインさんが深々と頭を下げる。

「あ、そういえば、そのランタン。それは何なの？」

エストに聞かれ、そちらに目をやる。

「ああ、これは……」

そういえば【開発】でアイテムの生成をしたんだった。

試しに俺の【鑑定眼】で調べてみよう。

名前：温風《おんぷう》のかがり火
カテゴリー：魔導具
ランク：D
効果：設置した場所の周囲を照らし、温熱効果をもたらす。

俺の【鑑定眼】は、Dランクまでの品であれば名前と効果を看破出来る。

どうやらこのランタン自体はそこまで希少な品ではないようだ。しかし、その効果は今最も欲しかったものだった。

鑑定結果を伝えると、エストが首を傾げる。

「まどうぐ……ってなに？」

そういえばエストは二千歳超えのおばあちゃんだった。

現代技術に疎い彼女に、ここは分かりやすく説明することにしよう。

「なんか、失礼なこと考えてない？」

「気のせいだぞ」

「ほんとかなー」

さて、魔導具というのは、自動で魔法を発動する便利なアイテムの総称で、魔力を持った鉱石――マナタイトに魔法術式を刻むことによって作製出来る。この《温風のかがり火》で言うと、ランタンの基部に組み込まれた鉱石が、魔導具としての効果を生むというわけだ。

「こいつの一番の利点は誰でも使えるってところだな。鉱石自体が霊子《れいし》……魔力の素《もと》を蓄えるから、俺達はスイッチと呼ばれる機構をいじるだけで起動出来る」

まだまだ一般的な代物ではないが、村の近くにあるノーザンライトは、国内で最も魔導具研究が盛んな都市だ。

「それって、私でも使えたりする？」

「普通に使えるとは思うが、試してみるか？」

「うん!!」

俺からランタンを受け取ると、エストはそれを眺め回す。

「……どうやって使うの？」

「頭の部分に少し出っ張った箇所があるだろ？　それをカチリと押し込めば使えるはずだ」

「えっと……これかな」

エストがランタンの上部に取り付けられたスイッチを押し込む。すると……

「わぁ……!!」

仄《ほの》かな灯りが辺りを照らすのと同時に、温かい風が俺達を包み始めた。

「お、おお、凄いなこれは」

随分と妙な心地だ。

相変わらず寒風が吹き荒れているというのに、このランタンの周りにいると、そんな寒さも吹き飛ぶほどの暖かさに包まれるのだ。

「凄い……凄いよ、ブライ。暖かい。寒いのに暖かくて変な感じ」

「うん、確かに凄いね。周囲の空気が、快適な気温に最適化されるような術式が組まれてるんだね」

セインさんは魔導具の知識もあるようで、驚きつつも冷静に分析していた。

「これなら当面は、この寒空の下でも凍《こご》えずに済みそうだな」

俺はエストからランタンを返してもらうと、セインさんに差し出した。

「良いのかい？」

「ああ。折角だから、寒さに困ってる人達でうまく使ってくれ」

「本当になにからなにまで、こんな馴染みのない村のためにありがとう……」

「それはお互い様だ。こっちだって、素性《すじょう》も知れない俺達を受け入れて、食料まで分けてもらったんだ。感謝してる」

ギルドを追われてやさぐれていた俺にとって、彼の何気ない親切はとても嬉しいものであった。

完全に成り行きではあるが、俺は少しでもこの村のためになにかしようと思い始めるのであった。

＊

《温風のかがり火》を引き当てた翌日のことだ。

【ログインボーナス】
利用可能マナ：４００
――任意の特典をお選びください。

昨日に比べて、一日当たりのマナ抽出量が上昇していた。

「昨日は確か魔族討伐分が加算されていたが、今日は一体どうしてマナが増えたんだ？」

――昨日、ブライ様が食料と暖房設備を提供したことにより、村民の健康状態が向上し、より効率的なマナ抽出が行えるようになりました。

「なるほどな。なんとなく分かってきた。【ログインボーナス】はこの村に何らかの関わりのあるスキルだったんだな」

この村に俺を導くように渡された特典、村に近付くにつれて拡張されていく機能、そしてこの村の問題を解決する度に上昇するマナ。それらを考えると、この予想は間違ってはいないだろう。

恐らくは昨日、俺がそうしたように、この村の復興を担《にな》わせたいのではないだろうか。

――その通りです。【ログインボーナス】に用いられるマナは、基本的にこの村から抽出されており、その運用もこの村で為されることが想定されています。

「なんで俺なんだ？」

まず気になるのはそこだ。

どういった経緯でこのスキルが俺に宿ったのだろうか。

――分かりません。ただ、適性があったとしか。

つまりなにも分からないと……

――申し訳ございません。

声の主が申し訳なさそうにする。まるで人間のような反応だ。

とはいえ、別に責める気はない。

このスキルの裏に何らかの思惑《おもわく》があったとしても、俺がこのスキルで様々な恩恵を受けたことは事実だ。

なにより、エストという心強い仲間と出会えたのはこいつのお陰だからな。

このスキルがなにを考えていようが、俺は俺のやりたいことをやればいい。

「なんだか分からないことだらけだが、とりあえず俺はこの村の復興を手伝おうと思う。王都には戻りたくないし、セインさんには世話になったからな」

「ああ、お前もその方がいいんだろう？」

——よろしいのですか。

「ブライ、朝から独り言ブツブツ呟いてるの怖いよ……？」

部屋に入ってきたエストに言われ、俺は我に返った。

「独り言じゃなくて、内なるスキルと対話をだな……」

「ますます危ない人みたいだよ」

ジトーっとした目で、エストが見つめてくる。

「うるさいぞ。それよりもエスト、俺はこれでも義理堅《ぎりがた》い人間のつもりだ。わざわざ自分の分を削ってまでもてなしてくれたセインさんに、恩を返したいと思っている」

「そうだね。昨日は私も驚いちゃった。自分達も大変なはずなのに、あのセインって人、親切だったね」

「というわけで、俺は【ログインボーナス】を使って村の復興を手伝おうと思う。エストも付き合ってくれるか？」

「もちろんだよ。これでも魔術には自信があるからね。頑張るよ」

そういうわけで俺達の当面の目標が決まったのであった。

「さて、一番の目標はやっぱ住居の確保だな。確か５０００マナが必要だそうだが」

「マナはどうやって溜めてるの？」

「ああ。毎日一定量のマナを抽出して利用出来るってのがこのスキルの仕組みだ。でも、マナってなんだろうな？」

あの音声は当たり前のようにマナマナと連呼していたが、そもそもそんな言葉、聞いたことがなかった。

「ブライ、知らないの？　マナっていうのは魔術を発動させるためのエネルギーのことだよ」

「魔法を発動させるエネルギーのことなら俺だって知ってる。霊子《れいし》っていうんだ」

「……もしかしてマナは、今の時代だと霊子って言葉に変わってるのかな」

こうして言葉が通じている以上、俺とエストの用いている言語は共通しているようだが、こういった風にところどころ用語が変わっているようだ。

「しかし、そうか。このスキルはどちらかというと、エストの生きていた時代に近いものなんだな。それがなにを意味するのかは分からないが」

本当に得体の知れないスキルだ。

とはいえ、村の復興にはこの上なく便利な存在だ。

「話を戻すが、このマナを溜める方法は二つ。一つはさっき言った毎日のマナ抽出。村の人達の健康状態が向上したことで抽出量が上がったから、恐らくは村の復興を進めるにつれて、利用出来る量が増えるはずだ」

「もう一つは？」

「魔族の討伐だ。ここ数日、この村では魔族の襲撃が相次いで、何体もの魔族が倒された。お陰で昨日はボーナスが入ってた」

「魔族って確か、人を襲う人型の魔獣？　みたいなものだよね」

どうやらエストのいた時代に魔族は存在していなかったらしく、彼女にはその存在がいまいちピンときていないようだ。

「ああ、邪悪な魔力の塊で、とにかく人間を甚振《いたぶ》ることしか考えてない連中だ。見つけ次第、駆除《くじょ》した方が良いだろうな」

「うん、分かった。それならそっちは私の仕事かな」

それが良いだろう。

情けないことに、俺は戦いの方はからっきしだ。

「すまないな。目覚めたばかりなのに、こうして面倒なことを押し付けて」

「え、なんで？　私達、仲間でしょ？　それならこうして役割分担して、協力し合うのは当然だよ」

「エスト……」

不意に胸を打たれてしまった。

【月夜の猫】にいた頃は、こんな風に言ってもらうことなどなかった。

仲間――特にライトは俺の腕に不満をこぼし、なにも出来ない人間は留守番してろというのが口癖であった。事務仕事を評価してくれる者もおらず、随分と惨めな思いをしたものだった。

しかし、エストからはそういった悪意は欠片も感じられない。

これも役割分担だと言ってくれたのだ。

それは俺がギルドにいた頃に、最も欲しかった言葉だったのかもしれない。

「どうしたの、ブライ？　急に黙り込んじゃって。もしかして、また内なるスキルと対話とか？」

「違うよ。とにかくありがとう。これから色々と頼むかもしれないけど力を貸してくれ」

「うん」

俺は新たに得た仲間の尊《とうと》さをかみしめると、早速復興に取りかかるのであった。

第三章

「マナが足りないぞ」

復興に取りかかってから数日、俺は城の一室で頭を悩ませていた。

現状の課題は三つある。

魔族の侵攻をどう凌ぐか、食料の不足をどう解決するか、住居をどうやって増やすかだ。

前二つは、エストが村の周囲を見回り、俺が食料を生成することでなんとかはなる。

しかし、そうして村の人達の俺達への依存度を高めてしまうのは良くないだろう。

防壁を強化したり、治療施設を作ったり、装備を整えたりと村自体の防衛力を高め、食料自給率を上げていく道を模索《もさく》すべきだ。

そもそも、現状貰えるマナでは食料を【ログインボーナス】で賄《まかな》うのにも限界がある。

今のマナ抽出量は少し上昇して５００。俺とエストを含む村人全員の食料を賄えば、それでなくなる量だ。

無論、生きる分には十分だが、必要なのは現状維持ではない。

「マナ抽出量を増やさないとな」

目標は持続可能な復興の道を拓《ひら》くこと。そのためには村の課題を解決して、更にマナ抽出量を増やす必要があった。

そこで俺は【ログインボーナス】で魔導具を増やすことにした。

食料生産などで直接的な支援をするのではなく、初日に出した《温風のかがり火》のような、便利な魔導具を揃えようという目論見《もくろみ》だ。

そうして俺は、これまでの数日間【ログインボーナス】の【開発】を実行してみた。

それでわかってきたのは、【開発】は使用するマナの量によって生成されるアイテムの質が変わるということだ。

100から200マナを使用してみたところ、治療薬などの安価な消耗品《しょうもうひん》が得られた。

300マナだと鉄などの少し希少《きしょう》な資源が両手いっぱい、500マナでEランクの魔導具といった具合だ。

「ランタンが出たのは随分とラッキーだったんだな」

初日以来、Dランク以上の魔導具が得られることはなかった。

昨日までに手に入れた物といえば……

名前：魔力の指輪
カテゴリー：魔導具
ランク：E
効果：身につけると三時間、魔力に一段階の補正が掛かる。（一度限り、Bランクを超えて上

昇はしない）

こんな感じの使い切りのアイテムがほとんどだ。

もちろん使い道自体はあるが、初日に出した《温風のかがり火》ほどの魔導具は得られなかった。

「生成出来る物はランダムだし、あまり効率は良くないな」

【複製】なんて機能もあるが、魔導具の【複製】はそれなりにコストが掛かるようで、Dランクの《温風のかがり火》だと３０００マナも必要になるようだ。

「マナ、マナ、なにをするにしてもマナが障害か」

この土地のマナを吸い上げて発動させる以上、制約があるのは仕方のないことだが不便ではある。

「ブライ、おはよー。今日はどうだった？」

かれこれ一時間近く頭を悩ませていると、エストがやってきた。

門の方から来たということは、朝からどこかに出掛けていたのだろうか。

そういえばここ数日、エストが朝早くにどこかへと出て行く姿をよく見る気がする。

「おはよう、エスト。今日の分はまだだが、今のところハズレ続きだからな。期待は出来なそうだ」

俺は手元で持て余していた指輪をエストに渡す。

「えー？　指輪ぁー？　うーん、贈り物は嬉しいけどぉ、知り合って一週間の女の子に渡すのはぁ、ちょっと重いかなーって」

「違うわ。それは指輪型の魔導具だ。というかなんだ、その間延びした喋り方は」

「〝今〟風の女の子っぽく言ってみたんだけど、どうかな？」

「エストの〝今〟風は俺からすると、遥か古の時代だってこと、忘れるなよ」

「…………もう二度とやらないね。この喋り方」

意外とすぐに心折れるな。

年齢差を感じさせる話題は、彼女的には案外キツいのだろうか。

「まあ、それはいいんだけど、この指輪、はめるとどうなるの？」

「急に話が戻るな……それは一時的に魔力を増幅させてくれる指輪だ。ただエストの魔力だと装備しても効果はないな」

所詮《しょせん》はEランクの魔導具なので、底上げ出来る魔力にも限りがある。

C+ランクの魔力の者が装備すればB+ランクまで上昇するが、Bランクの者が装備しても同じくB+までしか上昇しない。

「そうなんだ。残念」

「あのランタンみたいに便利なものが出せればいいんだけどな」

「マナが足りなくて困ってるって話？」

「ああ、魔族の討伐でも出来れば、ボーナスが貰えるんだが」

魔族は邪悪な魔力が寄り集まって生成される存在だ。

そのためか、村の近辺で倒した魔族からはマナが抽出出来、それがボーナスになるという理屈のようだが、俺達が村に来てからは、奴らの姿は全く見受けられなかった。

「ごめんね、私がうまく見付けられなくて」

「いや、いないならそれに越したことはないんだから、気にする必要はないさ。それよりも最近、朝に出掛けることが多いみたいだが、なにかあるのか？」

なんとなく気になっていたことを聞いてみた。

「うーん、実はこの村の外れに一人で住んでる子がいるんだけど、その子にご飯を届けて欲しいってセインさんに頼まれたんだ」

「セインさんに？」

「うん、きっと不健康な生活をしてるだろうから、年の近い私が面倒を見てくれると助かるって言われちゃって。私も力になれるならって引き受けたんだ」

なるほど。

「確かにエストのご飯は美味しいし、バランスもいいからな。セインさんも的確な役目を任せたものだな」

「え、なに？　ちょっと、急に褒めないでよ」

エストが頬を赤く染めて照れ始める。

「最近はずっと美味しいものを食べさせてもらってるし、こういうのはちゃんと言葉にしないとな。いつもありがとう」

「い、いやあ、それほどでも……」

「実は初めてなんだ。こうして誰かの手料理を食べるの。孤児だったし、育ての親は料理が出来ない人だったからなあ」

「なにそれ……」

まずい。つい過去を打ち明けてしまったが、重たい話でドン引きさせてしまっただろうか……？

「初めてだって知ってたら、もっと手の込んだもの作ったのに!!」

「そっちかよ」

杞憂だった。

しかし、そんな風に考えてくれるなんて、なんだか嬉しいような、くすぐったいような妙な心地だ。

「とはいえ、今は贅沢《ぜいたく》言ってられないからね。そうだ、村の復興が進んだら腕によりを掛けて作っちゃおうかな。軽くパーティーみたいな感じで」

「いいな。それ」

エストのお陰で、復興後の楽しみが増えた。

「でも、そうなると、やっぱり魔族を見付けないとって感じかな？」

「そうだな。ある程度マナを確保出来れば、選択肢は増えるからな。だから、今日は俺も見回りに行こうと思う。おっと、その前に今日の分を生成しとくか」

頭の中で念じて【ログインボーナス】を発動させる。

使用可能なマナは５００。

食料の心配もあるが、ひとまずは魔導具の生成を続けよう。

俺は500マナを消費し、アイテムの【開発】を選択する。

やがて、俺の目の前で魔力の光が収束していく。

何度も見た光景だ。

――アイテムの【開発】が完了しました。

「ふむ、どれどれ」

俺は生成されたアイテムをよく眺めてみる。

どうやら耳飾りのようだが……

「あれ？」

「どうしたの、ブライ？」

「俺の【鑑定眼】が効かない。ということは……」

【鑑定眼】スキルが効かない理由は一つしかない。

「もしかして、Cランク以上の魔導具ってこと!?」

「ああ、恐らくな」

試しに耳に付けてみるが、これといってなにかが起こる様子はない。

名前：耳飾り？
カテゴリー：魔導具？

ランク：C以上？
効果：不明

頭の中で自分の所見を記録する。未鑑定品に関してはこうして、推測で正体を探っていくしかない。

「おーい、ブライさん」

その時、顔を青くさせながらセインさんがやってきた。

かなり息を切らしていて、只事ではない様子だ。

「どうしたんだ、セインさん？」

「っ……そ、それが、魔族の集団が村に押し寄せてきてるんだ……」

「なんだって？」

＊

村に響き渡るのは、狼の高らかな咆哮《ほうこう》であった。

「これは……かなりの数が押し寄せて来てるな」

遠吠えの重なり具合、木々を縫《ぬ》うように伝わる反響から、なんとなくの数が分かってくる。

魔族の中でも、ゴブリンは家畜《かちく》の飼育《しいく》という概念を持っている。

小型の狼種の群れを捕らえ、騎乗したり食肉にしたりと独自の畜産文化を築いているのだ。

こうして遠吠えが聞こえるということは、恐らく狼に騎乗したゴブリン達が一斉に迫っているのだろう。

俺は隣のセインさんに敵の数を伝える。

「だいたい五十前後だな」

「よく分かるね。そういうスキルなのかい？」

「【聞き耳】っていうスキルだな。冒険者なら自然と身につけてる技能だ」

お陰である程度、敵の数に見当が付けられる。

「どうしよう……僕も魔法は使えるけど、あの数はさすがに……それに怪我で戦えない人も大勢いるし」

「いや、大丈夫だろう」

何せこちらにはエストがいる。

Sランクの魔力を持つ彼女であれば、あの数のゴブリンと狼の群れを一瞬で凍結させることも容易《たやす》いだろう。

「でも、さすがに数が多すぎないかな、ブライ。私、あまり戦いの経験がないし、あんな数を相手にするのは初めてだから自信が……」

「エストなら大丈夫だ。低位の魔族は全体的に魔法抵抗力が低いからな。だから、頼む」

冒険者が戦いにおいて、他人の力に頼りっぱなしというのは少し情けないが、それでもエストに任せるのが今は最も効率的だ。

「わ、分かった。なんとかやってみる」

エストは腕を前に突き出すと、魔力を練り始める。

「マギカコード《ブリザード》・承認!!」

耳慣れない詠唱と共に、ただでさえ冷えた空気が凄まじい冷気を帯びていく。

その余波だけで身体の芯が凍りつきそうだ。

「凄い……エストさんの魔力、僕なんかとは桁違いだ……」

セインさんがポツリと呟く。

俺も魔力Sの魔道士を見るのは初めてだが、確かに凄まじい。

彼女がいれば、並の魔族は相手にならないだろう。

『助けて……くれ……』

「え……?」

その時、なにかの声が俺の頭の中に響き渡った。

『我々は無理矢理この邪悪な者共に従わされているだけだ……頼む。解放してくれ……』

その声はどうやら魔族の群れから伝わってきているようだ。

「ま、待った、エスト。その魔法、待ってくれ」

「えっ!?」

俺はその声を聞いて、慌ててエストを止める。

直後、エストの周囲の魔力が霧散《むさん》していく。

「ど、どうしたの急に？」

「この耳飾りの効果が分かった気がする」

「本当？」

「ああ。多分、この耳飾りは動物の言葉を翻訳《ほんやく》してくれるんだ。それであの群れから助けてって声が聞こえてきた」

「それってあのゴブリンが発してるってこと？」

「まさか。あいつらの声はここまで届かない」

この声は、彼らに使役《しえき》されている狼達のものなのだろう。

「提案なんだが、狼を避けてゴブリンだけを凍らせることは出来ないか？」

「ゴブリンだけを……？　だいぶ難しいけど、出来なくは……ないと思う。やってみるよ」

「ありがとう」

そうしてエストが再び魔力を練り上げる。

「マギカコード《アイスミスト》・承認」

先ほどの全てを呑み込まんとする冷気とは異なり、今度はひんやりとした霧が漂《ただよ》ってきた。

「これなら、うまく制御すればゴブリンの身体だけ凍らせられると思う」

やがて、大量の霧がゴブリンの群れに降り注いだ。

それらは狼を避けるようにゴブリンの体内へと入っていくと、奴らの身体を一瞬で凍結させた。

＊

『本当に助かった、人間達よ。奴らは無理矢理に我らを従わせる邪法《じゃほう》を用いるため、困っていたのだ』

魔族を撃退した後、やってきたのは一匹の白い狼であった。

狼は敵意がないことをこちらに示すと、気品に溢《あふ》れた所作で一礼した。

遠目に見た時は、小柄なゴブリンが乗るのに丁度良い大きさの中型種ばかりだったが、今訪れたのはかなりの大型種だ。

恐らくは群れのリーダーなのだろう。

「礼ならエストに言ってくれ。彼女がいなかったらこんなにうまくはいかなかった」

『ふむ、彼女があの魔術を……礼を言わなくてはな』

狼はゆっくりとエストに近付くと、うなり声を上げて一礼する。

「ね、ねえ、ブライ。この狼さん、なんて言ってるの？」

「助けてくれてありがとうってさ」

「かわいい……毛並みも綺麗だし、うちで飼《か》えないかな」

そう言ってエストは無遠慮に狼をモフり始める。

「いきなりは失礼じゃないかな……」

『良い。好きにするが良い』

気位《きぐらい》の高そうな狼だが、どうやら気にしている様子はないようだ。

『ふむ。それにしても凄まじく、それでいて柔らかな力を感じる。我の持つ氷の魔力と相性《あいしょう》が良いのだろうな。それに、なんとも懐かしい心地だ……』

狼はそっと目を瞑《つむ》ってエストに身を委《ゆだ》ねると、心地好さそうな表情を浮かべた。

『それにしても不思議なものだな。その耳飾りを手にした者とこうして巡り会えるとは』

「この耳飾りのことを知ってるのか？」

てっきり【ログインボーナス】が気まぐれに生成した魔導具かと思ったのだが、もしかしてなにか特別な由来があるのだろうか。

『それは一度失われた《古代遺物《アーティファクト》》なのだ』

「《古代遺物《アーティファクト》》……？」

《古代遺物《アーティファクト》》と言えば、古代の遺跡から出土する魔法アイテムのことだ。

現代の魔導具よりも進んだ技術が使われており、魔導具技術の源流になったと言われている。

『あまり希少なものではないがな。だが、こうして再び人間達と言葉を交わせるようになるとは思わなかった』

「その口ぶりだとあんたは……？」

『うむ。我はこの少女と同じ時代を生きた者だ』

「二千歳のおじいちゃんってことか……」

『う、うむ……間違ってはいないが……』

なんだか狼が微妙そうな表情を浮かべた。

失礼な物言いだったろうか。

『まあ良い。それでは私はそろそろ行こう。群れの元へと帰らなければな』

狼がゆっくりと距離を取る。

「えっ、行っちゃうの？」

「帰るところがあるんだとさ」

「うちで飼うって話は？」

本気だったのか……

『我にも守らなくてはならない同胞《はらから》がいる。許せ……』

「同胞……か」

先ほどの様子を見るに、魔族は彼らを操る術を持っているようだ。

どういう術かは分からないが、彼らも魔族への備えをする必要があるのだろう。俺達と同じように。

俺達と同じ……？

その時、ある考えが頭をよぎった。

「待ってくれ。あんた達は魔族と対立してるってことでいいんだよな？」

『うむ。あれは自然の摂理《せつり》に反した邪悪な存在だ。決して相容《あいい》れることはない』

「それは俺達も同じだ。この村は魔族に狙われていてな」

『ふむ、彼奴《きゃつ》らは確かに、執拗《しつよう》に人の子を襲う。お互い難儀《なんぎ》なことだな』

「だから提案だ。俺達と同盟を組まないか？」

『同盟？』

狼が不思議そうな表情を浮かべる。

きっと、彼からすれば、人からこんな提案を受けるなど久しぶりのことなのだろう。

「ああ。魔族を倒すために互いに協力し合うんだ。相手の規模だって分からないんだ。お互いにメリットはあると思うが」

『ふむ……』

しかし、狼はあまり乗り気ではないようだった。

「なにか気になることが？」

『……単純な話だ。今の時代に突入してから、人と狼は微妙な関係を築いてきた。事実、他の村人達は我々を警戒しているようだ』

確かに村の人達は、狼の来訪を察知すると、慌てたように家の中へと入っていった。

セインさんも例外ではない。

『古の頃は、その耳飾りのお陰で、我々と人の子も穏やかな関係を築けていたのだがな……』

「そうか、なら話は簡単だ。こいつを量産すれば良い」

そう言って俺は耳飾りを指す。

『量産……か。だが、その《古代遺物《アーティファクト》》の製法はとうに失われている。今の人の子らが再現するのは難しいだろう』

《古代遺物《アーティファクト》》解析《かいせき》には、確かに時間が掛かる。

今の魔導具技術が確立されたのも、多くの魔導技師達が、気の遠くなるような時間を研究に費《つい》やしたからだ。

「だが、俺にはそれを可能にするスキルがある。【ログインボーナス】って言うんだが」

『なに？』

その言葉を聞いて、狼は表情を一変させた。

「どういう仕組みかは分からない。だが、これを利用すると大抵のアイテムが複製出来るそうだ」

試しに【ログインボーナス】を発動させてみると、５０００マナでこの耳飾りは【複製】出来るようだ。コストは重いが、彼が望むなら頑張ってマナを溜めることにしよう。

『そうか。そういうことなら、お主《ぬし》を信じてみるとしよう』

どうやら狼も納得してくれたようだ。

『我の名はアグウェルカ。お主の言う同盟とやら、応じさせてもらおう』

こうして、俺達は心強い仲間を得たのであった。

＊

「フハハハ、これだけマナがあれば復興もかなり進むぞ」

アグウェルカと同盟を結んだ翌朝、ログインボーナスの結果に、俺は思わず高笑いした。

「ブライ、朝から邪悪な笑みを浮かべるのはやめて欲しい……」

運悪くその姿をエストに見られてしまい、気まずい空気になる。

「そ、そんなに、邪悪か？」

自覚はないのだが、どうやら俺が笑う姿はエスト的には不気味らしい。

「あ、そうだ。それよりもマナはどうなってたの？」

そうだ。本題はそれだ。

俺は発動させたログインボーナスの画面に視線を戻す。

【ログインボーナス】
利用可能マナ：６０００
――任意の特典をお選びください。

「６０００？　かなり増えてるね。どうして？」

「大半は魔族討伐分だな。一体倒すと１００のマナが得られるらしくて、昨日の討伐で５０００貰えた」

「ということは残りの１０００が？」

「ああ。アグウェルカ達と同盟を結んだことで、村の復興が大きく進んだと判定されたみたいだ」

どうやら村の復興度合いは、村の広さ、人口、文明レベルなどを総合して判断されるらしい。

昨日の同盟で、狼の生息領域も村の一部としてカウントされるようになり、狼の数だけ人口が増えたということらしく、お陰で一日当たりのマナ抽出量が一気に二倍になったのだ。

『戻ったぞ』

その時、城の門を開いてアグウェルカが入ってきた。

エストが窓から身を乗り出し、手を振る。

「ルカちゃん!!　戻ったんだね」

「ルカ……ちゃん？　そんな風に呼んでるのか」

誇り高いアグウェルカに、そんな可愛い名前は似合わないのではないだろうか。

『好きに呼ぶと良い。我は気にしない』

またも杞憂だったようだ。それにしても器《うつわ》大きいな、アグウェルカ。

「アグウェルカ。朝からどこに行ってたんだ？」

エストといい、どうも俺の周りには朝早くどこかへと消える者が多い。

『狩りに出ていた。聞けばこの村は食料に困っている様子。新参者としてなにか役に立てればと思ってな』

「それはありがたい。食料難が気がかりだったからな」

これでひとまず【ログインボーナス】で生成しなくて済む。

「お肉ばかりなのは気になるけど、それでも飢《う》えるよりはマシだよね」

「ああ。それにマナも溜まってきたし、ここらで大問題を解決といくか」

「問題？」

「ああ。５０００マナを消費して家を量産しようと思う」

「おおー」

頭の中で【ログインボーナス】を発動させる。

――家の規模、建材を指定してください。

この村では三世代住宅という考えが主流らしく、それぞれの家の規模としては、七人か八人を目安とするのが良いだろう。

建材は、まあ無難に石材だな。

――では、２５００マナずつを消費して、中規模な家を二軒建てるというのはいかがでしょうか？

単純計算で、十六人に新たな住居を与えることが出来るということか。

ほとんどの家が壊され、村長のセイン宅、宿屋、俺の城と住む場所を分けている状況だ。今は城の客間《きゃくま》や、村の酒場などを解放して、家をなくした者達を住まわせているが、それでもお互いのプライバシーが確保されず、村の人にとっては苦痛なことだったろう。

二世帯分の新居を得られれば、だいぶ住環境は改善される。

「よし、それで頼む」

――かしこまりました。マギカコード《アーキテクトシステム》を承認します。

「アーキテクトシステム？　なんだかまたよく分からない言葉が出てきたな……」

そういえばエストが唱えていた呪文に似ている。

〝マギカコード〟というのはエスト達の使う呪文の総称なのだろうか。

「エスト、この言葉分かるか？」

「うーん、初めて聞く言葉だけど」

どうやらエストの知る呪文ではないようだ。

そうして、言葉の意味を考えていると、やがて目の前に、村を上空から映したような映像が投影《とうえい》された。

――この村落《そんらく》一帯にある全構造物の解析を開始します。

すると、俺を中心に周囲に魔力の波が広がっていった。

この魔力波で、解析とやらを行っているのだろうか？

「すご……一体どんな仕組みなんだろ。こんな魔術見たことない」

明らかに現代の魔法とは趣を異《こと》にする光景である。

――解析が完了しました。複製したい構造物を選択してください。

さて、なにやらリストが表示されている。

外壁や土台、扉といった家の建築に用いられるもの、防衛用の防壁から、大中小様々な民家、など様々な建築物がここから選択出来るようだ。

「どれどれ、私にも見せてー」

そう言ってエストは俺の肩に手を置くと、目の前の映像を覗き込んでくる。

「ふむふむ。出来上がる建築物の規模や必要な素材、使われている技術によって、使用するマナの量が変わっていく感じかな」

「多分な。とりあえずはこの中型の家を作ってみるか」

俺はリストにある家を選択してみる。

規模は中を指定し、建材は石材を選択する。

すると、先ほど案内されたように、２５００マナというコストが表示された。

――建築を実行するエリアを指定してください。

「この映像を指でなぞればいいのか？」

《ステータス》の魔法のように、直感的な操作が出来るようだ。随分と手軽な仕組みである。

俺は早速、瓦礫《がれき》が撤去《てっきょ》されて更地《さらち》となった場所を選択する。

目の前の映像に、家が置かれた時のプレビューが表示される。

とりあえずこの時点では、まだ家は完成していないようだ。

「見て見てー。家がくるくると回ってるよ」

いつの間にか、エストが映像をなぞって遊んでいた。

「へぇ、指でなぞれば建てる向きが変えられるんだな……って、遊ぶんじゃない」

まさか、他人でも操作出来るとは思わなかった。

さて、俺は畑の側にある道路に面するように、向きを定めてみる。

――建築案を受諾《じゅだく》いたしました。建築を実行しますか？

迷わず【建築】を実行する。

すると、指定した箇所に霊子が一斉に集《つど》い始めた。

「おお、凄い、凄いぞ。みるみるうちに家が出来上がっていく」

「おー」

その光景に思わず興奮してしまった。

原理はさっぱりだが、建材がひとりでに集まって、家が組み立てられていく姿は、見ていて心地が好い。

――建築が完了いたしました。

やがて無機質な音声が完了を告げる。

「ふむ……これだけだと本当に出来たのか分からないな」

投影された映像では家が出来上がっているが、実際に見て確かめるとするか。

＊

「本当に出来てる」

村の東側に、そこそこの大きさの新築住居が出来上がっていた。

「まさか本当に家を作っちゃうなんて、驚いたなあ」

それを見上げていたのは、村の代表のセインさんであった。

「本当にありがとう、ブライくん。これで住む場所はなんとかなりそうだ」

彼はそれなりに歳が近いこともあってか、親しみを込めて、俺のことを「くん」付けで呼んでくれるようになっていた。

「家具とかはいちから揃えてもらわなきゃならんが、それでも今の雑魚《ざこ》寝《ね》状態よりは良いだろう」

「そうだね。暖を取る方法とか食料とかまだ心配事はあるけどひとまずは……」

「お、おい、セイン、大変だ!!」

その時、一人の男性が駆け込んできた。

丸く光るはげ頭に鍛え抜かれたガタイ、確か彼は石工《いしく》のベンさんと言ったはずだ。

「どうしたんですか、ベンさん」

「ああ、あいつらだ。魔族の野郎だ」

「また、ですか……？」

ただでさえ懸案事項が山積みだというのに、度重なる襲撃の報《しら》せにセインさんは頭を抱える。

「昨日現れたばかりだっていうのにな……相手はゴブリンか？」

「……いや、あれはゴブリンじゃなかった。俺よりもずっとデカい奴だ」

人よりも大型の魔族となるとオークだろうか。

豚の頭とでっぷりとした肉体を持つ種で、落ち着いて対処すれば、さほど脅威ではない。

「いや……ありゃ、オークでもねえよ。俺は詳しくねえし、見たことない姿だけど俺の三倍くらいあってよ。それに耳もまるで悪魔のようにこう長くて……間違いねえ、ありゃタダ者じゃねえ!!」

「なんだって!?　皮膚《ひふ》の色はどんなだった？」

オークよりも更に巨体で、耳の長い種族といえばオーガやトロールなど、魔族の中でも上位種に該当する者達だ。ゴブリンなどの低位種とは異なり、人類の住む大陸をぐるりと囲む、暗黒大陸に生息する。人類の生息域に紛れ込む個体もいて、いずれも並の冒険者では歯が立たない危険な存在だ。中でもオーガはまずい。

たとえ一匹でも、下手したら村が全滅しかねない。

「た、確か緑だったはずだが……」

緑の肌はトロールの特徴だ。どうやら最悪の事態は避けられたな……

「そうか、良かった」

俺はそっと胸を撫で下ろす。

「って、いいわけあるか!!」

よくよく考えれば、トロールだって最悪の相手だ。

特に魔法耐性が高く、いかにエストの魔力が高かろうが、相手出来るのはせいぜい二匹が限度だ。

セインさんも苦い顔で頷く。

「ええ、仮にトロールが襲ってきたのだとすれば、今の崩れかけの防壁じゃもちませんよ……」

「ねえねえ」

エストが俺の服の裾を引っ張る。

「そのトロールって、そんなに危険なの？　ドラゴンぐらい？」

「いや、さすがにドラゴンほどの危険性はない……だが、ベンさんの言った通り、トロールは俺達の三倍の巨体の上に、皮膚は鋼鉄のように硬いんだ。Ｂランクの冒険者なら、五人掛かりでようやく対処出来るレベルって言われてるな」

「そんなに強いの？」

「ああ、俺の腕はもちろん……エストだって油断すれば命取りだ」

余程のことがなければ少人数で対処などしたくはない。

「ただ、トロールは群《む》れで行動することはほとんどない。一匹だけなら慎重に対処すればなんとかなるはずだ」

彼らは常人では想像出来ないほどの食欲を誇るため、同じ種族同士が集まれば、食料の奪い合いになってしまう。

そのため、人間のようにコミュニティを築くことはない。

基本的にトロールは一匹で狩りを行うことから、学者の間では単生種と分類されている。

それ故、脅威ではあるが対処のしようはあるのだ。

「数か……確かに昨日のゴブリンほどはいなかったな。十匹ぐらい……か？」

「なんだって……!?」

それは最悪の答えだった。

トロールの生態と強さを知る者からすれば、ベンさんの告げた数は異常なんてレベルではない。

「ベンさん、トロールが十四なんて普通はあり得ませんよ。一体、なにが起こってるんだ……」

セインさんもその数にただただ混乱する。

「おいおい、まじかよ……クソッ、どうする、セイン？　一旦、穴蔵《あなぐら》に避難するか……？」

「ですが、怪我人のいる状態で避難なんて時間が……それに、村の食料が根こそぎ食い荒らされてしまえば、そこで終わりです。ここは迎え撃つしか……」

「無茶だ……一匹出たぐらいならともかく、十四だぞ」

いくらなんでも相手が悪すぎる。

村の戦える人間は負傷して、数では圧倒的に不利、俺は情けないことに戦力外だ。村をぐるりと囲い込む外壁は補修が間に合っておらず、ところどころ崩れている。

あの巨体が十も押し寄せれば、一巻の終わりだ。

しかし、セインさんの言う通り、避難の時間もないだろう。

それこそ、食料を放棄し、負傷した村人を見捨てるしかない。

「とにかく、クロスボウや火矢でなんとか追い返しましょう。例の落とし穴の準備は出来ていますか？」

「先日の襲撃で使い切ったきりだ。穴の中に詰める油だってほとんど残ってねえ……」

村の周囲にはいくつかの落とし穴が掘られていた。

無論、それでトロールがどうにか出来るはずはないが、穴の中に油を詰めて火を放つことで強力な火炎罠として機能するはずだった。

しかし、材料は底を突き、最も必要とされる今、それらを利用することは出来なかった。

「ね、ねえ。ブライ、どうにか出来ないの？　私の魔術なら……」

確かにエストの腕ならトロール一匹を始末することなど容易い。

しかし……

「分が悪すぎる。トロールはそれなりに魔法耐性の高い連中だからな……昨日みたいな範囲攻撃を使っても、群れ全体に大した打撃は与えられない」

「そんな……」

だがどの道、村人を切り捨てるか、迎え撃つかしか手段は残っていなかった。

それならば、俺の採るべき道は……

「エスト、分が悪いのは事実だ。だが、やりようだってある。命を落とす危険だってあるが、力を貸してくれないか」

エストに頭を下げる。

折角、氷から抜け出せたというのに、彼女には戦わせてばかりだ。

「もちろん、なんだってするよ」

しかし、エストの返事は早かった。

「いいのか？」

「うん、村の人にはお世話になったし、協力させて」

『であれば、ここは我も手を貸すべきだろうな』

威厳のある声と共に、目の前に霞《かすみ》のようなものが出現した。

それは狼の形を取り、アグウェルカが現れた。

恐らくは、転移の魔法の一種だろう。腕の良い魔道士でも扱える者はほんの一握りだというのに、それをあっさりと使ってみせるとは、さすがは二千歳のおじいちゃんだ。年の功は伊達《だて》ではない。

「ブライ、お主、なにか失礼なことを考えてはおらんか？」

「まさか、そんなわけないだろう」

どうして、どいつもこいつも俺の考えていることを一瞬で見抜くんだ……

「ルカちゃんも手伝ってくれるの？」

『ああ。我であれば、トロールと一対一で戦って、後《おく》れを取ることはない。戦力にはなるだろう』

そうして、俺とエスト、アグウェルカは村に迫るトロールの討伐へと向かうのであった。

＊

魔族というのは悪魔のような生き物だ。

彼らは決して本能のみで生きているわけではない。

人間に近い知能を持ち、人間と同じ言語を操りながらも、彼らの頭は人間への悪意で満ちている。

一体なぜ、そのような存在となったのかは誰も知らない。

ただ分かっているのは、彼らは人間との対話の一切を拒《こば》み、食料として人間を食らい、おもちゃを相手にするように蹂躙《じゅうりん》するということだ。

まるで人間を弄《もてあそ》ぶためだけに生まれたような存在なのだ。

「うぅ……私の時代にはそんなのいなかったけどなあ……」

それはなんとも羨ましい時代だ。

少なくとも俺の知る限りでは、人の歴史は魔族との戦いの歴史と言っても過言ではない。

奴らは時に、種族の垣根や種としての特性を超えて軍を組織し、人の支配地へと侵攻してくる。

魔族の通る後には地獄が出来上がり、多くの人間がその光景を見て、怒りと憎悪《ぞうお》に燃えた。

そうして、人類は魔族を滅ぼすために何度も団結してきたのだ。

「……だが、やりようがないわけじゃない。奴らは人間への悪意に満ちている分、その行動は読みやすい。特にトロールは、あの巨体のせいか頭の回転が鈍いからな」

腕に劣る俺が迎撃を選択したのもそれが理由だ。

真正面から挑めばまず間違いなく即死する。

だが、奴らの習性を研究し、罠に掛けてしまえば俺にだって倒すのは容易いのだ。

実際、そうして強力な魔族を撃破した経験だってある。

策を練ろうと村の設備を見て回る俺に、エストが尋ねてくる。

「どうするつもりなの？」

「簡単だ。あいつらの弱点は聖水《せいすい》だ。教会で祝福された聖水を浴びれば、あいつらはまるで空気の抜けた風船のように萎《しぼ》み出す。幸い、聖水なら冒険者のたしなみとしていくつか持ち歩いてる。ある程度なら希釈《きしゃく》しても効果があるし、池に混ぜて奴らをそこに落としてやろう」

「そんなにうまくいくかな？」

「そこはこっちで誘導しよう。あいつらをおびき寄せるのに丁度良いものがあるしな。エスト、髪の毛を一本分けてくれ」

「え……べ、別に良いけど、どうするの？」

突然の頼みに、エストが戸惑いを見せる。

「これは拡霊《かくれい》の秘薬と言ってな。こうしてやると……」

俺は秘薬で満たされた小瓶に、エストの髪の毛を入れる。

すると、秘薬が徐々に石灰色《せっかいしょく》に変色して、光の粒のようなものを周囲に発し始めた。

「エスト固有の魔力を増幅させて、周囲に拡散することが出来る。奴らはどういうわけか女性の魔力を好むからな。これで簡単におびき寄せられるだろう」

「う、うーん、まるで自分の匂いを嗅がれてるみたいな気分……」

「すまん……トロールを倒すためだ、我慢してくれ」

当然ながらエストの表情は強張っている。彼女には迷惑ばかりかけて申し訳ない。

『ふむ、彼奴《きゃつ》らを弱体化させる手段は分かったが、見付けないことにはな』

しばらく黙っていたアグウェルカが口を開く。

「それはアグウェルカに頼みたい。トロールには入浴の習慣がないからな。酷い体臭を漂わせてるはずだから、アグウェルカなら探り当てられるんじゃないか？」

『ぬう……気乗りはしないが致し方ない……か……』

アグウェルカが嫌そうな表情を浮かべる。

トロールの臭いといえば肥溜《こえだ》めよりも酷いと言われるほどだ。確かに鼻の良いアグウェルカからすれば、好んで嗅ぎたいものではないだろう。

無神経な頼み事だったと思い、俺は詫びを入れる。

「すまないな。大変な役目を押し付けて」

『良い。手を貸すと決めたのは我だ。だが、そうなると、我はどこへ誘導すれば良い？』

「そうだな。さすがにあいつらも見えてる水に突っ込むほど馬鹿じゃない。だからエスト、池に氷を張って、雪で覆い隠すことは出来ないか？」

「それなら、お安いご用だよ」

それなりの広さの池を見繕い、俺は早速聖水を混ぜてみる。

「エスト、あとは頼む」

「りょうかーい」

軽い返事で引き受けると、エストはあっさりとその池を凍結させてしまう。

表面だけなのだが、それでもこうして広い範囲を一瞬で覆い尽くすとは、大した魔力の持ち主だ。

「これを雪で隠したら完成だ。トロールはあの巨体でそこそこ素早いからな。アグウェルカ、誘導は頼んだ」

『任された』

＊

さて、作戦はこうだ。

まず、俺とエストがアグウェルカの背に乗り、索敵《さくてき》を開始する。トロールの姿を確認したら、秘薬の発するエストの魔力光を撒き、奴らをおびき寄せる。

そうして、薄い氷の張った池へと奴らをたたき落としたら、エストがトドメを刺す。

トロールの身体能力を考慮すれば、アグウェルカの背に乗って作戦を進めるのが最も安全だろう。

「大人しく奴らが釣られてくれれば良いんだけどな」


「フォオオオ、何てかぐわしい魔力だ。さてはニンゲンの女がいるな」

トロールがまんまと餌に釣られた。

「ゲ、ゲヘヘヘ……メス、ニンゲンのメス……久々だ。フ、フヒ、アレはオレのモノにするからな。絶対に手を出すなよ、バカども」

「ふざけたことを抜かすな!! オマエみたいなチビに渡すワケねえだろ。ちったあ、頭を使え」

トロール達は醜《みにく》い言い争いを続けながら、俺達を探し回る。

「お、おい、アレ。アノ、狼に乗ってるのがそうじゃないか」

「本当だ。よし、アレはオレのモノにしてやる。ついでに獣とニンゲンの肉も手に入れるぞ」

トロール達は俺達を視認すると一斉に走り出した。

その巨体からは信じられないほどの素早さで、周囲の大地が激しく振動する。

「ほ、本当に来た……」

「何て馬鹿な奴らなんだ……疑いもせずまっすぐ走ってくる」

トロール達は、これが罠だというのに何の警戒もしない。

その強力な力に対する自信の表れか、人間を侮《あなど》っているのか、それとも馬鹿なのか。

いずれにせよ、ここまでうまくいくとは思わなかった。

「池の氷が割れたら、その瞬間に奴らへ攻撃を仕掛けてくれ。弱体化した後なら、エストの魔法ですぐに倒せるはずだ」

作戦の流れを伝えると、エストが小さく頷く。

一方、トロールの方はというと……

「テメエ、その汚い手を放しやがれ!!」

「う、うるさい、て、手を放すのはオマエの方だ。アレはオレの獲物だ!!」

「それを言うならオデが先に見付けたんだな。権利はオデにあるはずだ」

「あ？　最初に嗅ぎ付けたのはオレだろうが、さっさとオレに譲りやがれ」

醜い争いをまだ繰り広げていた。

元は群れ社会に向かず、一匹で生きる連中だ。

獲物を目にした彼らは、既に互いを敵としか認識していない。

「本当に馬鹿だな……」

既にトロール達は池の上へとやってきている。

それにもかかわらず奴らは殴り合いの喧嘩を始め、その度に激しい振動が足下を揺らすのであった。

——ピキッ。

当然、奴らが暴れて氷が耐えられるはずがない。

張った氷はまるでクッキーのようにあっさりと砕け、トロール達は池の底へと引きずり込まれるのであった。

「ああ、水、水だァアアアアア。なんで、水がァアアアアアアア！！！？？？」

「う、うぅ、な、なんだこれ？　ち、力が抜けて……」

「バ、バカヤロウ、池の上で暴れやがって」

「クソッ、まさか池に雪が積もってたなんて……」

本当にあっさりと捕まえられてしまった。

しかし、この期《ご》に及んで、トロール達は罠に掛けられたと気付いていないようだ。

「あとは任せた、エスト!!」

合図と共にエストがトロールの方へと魔法を放つ。

決着はあっさりしたものだ。

「ピ、ピギィ……最後に肉食いたかった……!!」

弱体化したトロールに抗う術などなく、彼らはあっさりと氷漬けになり、やがてバラバラに砕けてしまった。

「死体が十……ベンさんの言っていた数と一致するな」

俺はバラバラになったトロールの頭部を数えて、討ち漏らしがないか確かめる。

それにしてもステータス通り、エストの魔法は凄まじいの一言だ。

氷の生成と比べて、直接、なにかを凍り付かせるというのは高度な魔法である。

弱体化しているとはいえ、強力な魔法耐性を持つトロール、それも十四もの数を一瞬で凍り付かせたのだ。

恐ろしいほどの魔法の腕だ。

だが、魔族に同情の余地などない。こいつらは悪意の塊でしかないのだ。

これまで数え切れないほどの人間を害してきたのだろう。彼らの腰に巻かれた頭蓋骨《ずがいこつ》の数がそれを物語っている。魔族は倒した人間の骨をアクセサリーとして身につけるのだ。実に野蛮《やばん》な存在である。

「でもまさか、これほどの数のトロールが一斉に現れるなんてな」

改めてこの異常事態を考えると、なにか不吉な予感が頭を駆け巡る。

魔族は基本的に、人類の生活圏からは遠く離れた暗黒大陸に生息している。

それがこうして姿を現すということは、彼らによる侵攻の兆候なのかもしれない。

もしかしたら、今後は今以上に厳しい戦いが訪れるのかもしれない。

「俺に力があればな……」

ふと、自分の手のひらを眺める。

作戦は立てたが、トロールをおびき寄せたのはアグウェルカだ。

それに、罠の仕込みと戦闘はエスト、俺は偉そうに指示を出しただけだ。

「情け……ないな」

力のない自分が不甲斐《ふがい》ない。

【ログインボーナス】などという便利なスキルを得ても、俺自身に変わりは全くない。

レベルだけ無駄に高い役立たず、それが今の俺であった。

「いや、駄目だ。卑屈《ひくつ》になるな。卑屈になればそれだけ戦う力と判断が鈍る」

俺は心に湧いた暗い気持ちを、無理矢理に振り払う。

冒険者にとって弱気は致命傷を招く。

どんなに惨めでも、しっかりと前を向いて歩こう。そうしなければいつか痛い目を見る、それが冒険者というものなのだ。

だが俺は忘れていた。弱気は致命傷を招く、それは今この瞬間にも言えるということに。

「きゃあああああああ……！！！！」

甲高い悲鳴が響き渡り、次いでドゴッと鈍い音が走る。

「た、たす……けて……ブライ……」

『す、すまない、ブライ……完全に油断していた……』

アグウェルカは巨大な棍棒《こんぼう》の一撃を食らったのか、地面に倒れ込んでいた。

そしてそのすぐ側では、エストが金色の肉体を持つトロールに捕らえられていた。

「よくもオレ達をコケにしてくれたな。あんな罠にハマったマヌケどもはどうでもいいが、オレまであんな連中と同類に見られるのは我慢ならねえ」

もう一匹いたとは……それに……

「トロールの〝変異種〟……まさか、そんなのまで現れるなんて……」

金色の肉体を持つのは、魔族の中でも特に力を持つ〝変異種〟と呼ばれるものだ。その力は通常種の比ではなく、遭遇すればまず間違いなく生きては帰れない。

だからこそ、魔族と対峙する時はこの〝変異種〟こそ警戒しなくてはならない。

それがいるかいないかで、討伐に必要な準備が大きく変わるからだ。

そこで、俺は最大の過《あやま》ちに気付く。

目撃証言というのは曖昧なものだ。戦いのプロでないベンさんに正確な数は測れなかっただろうし、このトロールはあとから合流したのかもしれない。

ベンさんの証言を鵜呑《うの》みにせず、最悪の事態を想定するべきであった。

初歩的な見落としゆえに悔やまれる。トロールの知能が低いことから、俺は侮っていたのだ……

駄目だ、弱気になれば判断が鈍る！　さっきそう思ったばかりじゃないか。

だが……どうする？　今の俺にアレをどうにかする力はない……どうすれば……!?

必死に策を考える。

力のない俺に出来ることは、冒険者としての経験と知識を活かして戦力差を覆《くつがえ》すことだ。しかし……

聖水は……駄目だ。〝変異種〟相手には効かない。

魔法ならどうだ？　雷撃魔法の目くらまし……あんな格上の敵には効かない……

戦力差は絶望的だ。

通常のトロールがBランク冒険者を五人必要とするのであれば、〝変異種〟のトロールはAランク冒険者を十人は必要とする。

先ほどのような小手先の作戦は通用しないのだ……

エスト、それにアグウェルカ――二人は、仲間に裏切られた俺に出来た新しい仲間だ……なのに、俺には救えないのか……？

目の前の変異種相手に、俺は策を捻り出せないでいた。

「おいおい、びびってんのか？　今はそういう空気じゃないだろう？　テメエの大事なお仲間が殺されようとしてるんだぞ？」

〝変異種〟はそう言って下卑《げび》た笑みを浮かべた。

「こういう時、ニンゲンは仲間を助けるために立ち向かわなきゃいけないんだろう。どんなに力がなくても、愛と勇気を胸に巨悪に立ち向かう、それが英雄ってもんだろう。まさか、テメエはそこで黙って見てるつもりかぁ？」

綺麗事をつらつらと並べてトロールが大笑いしている。

これは挑発だ……奴は俺を煽っている。

魔族というのは、人間を苦しめることに並々ならぬ悦《よろこ》びを抱く生き物だ。奴らにとっては、必死に戦う人間を蹂躙し、嘲り笑うことが愉悦《ゆえつ》なのだ。

とはいえ力の差は歴然だ……突っ込んだって勝てるわけがない……

冷静に考えれば、ここはエストとアグウェルカを見捨てて逃げ出すしか道はない。しかし……どんなに合理的だろうと、俺は仲間を見捨てるつもりはない。

「……そうだな。お前の言う通りだ」

俺はゆっくりとトロールの方へと向かっていく。

癪《しゃく》なことだが、こいつの言う通り、仲間の危機にはなんとしても立ち向かうのが俺の信条だ。

「バカなニンゲンだ。テメエみたいなカスになにが出来る？」

確かに、俺には二人を救う力がなければ、ろくな策だってない。

しかし、二人が生き残る方法がないというのなら、犠牲になる人間を変えればいい。

俺は剣の切っ先を変異種に向けると、体内に残るありったけの魔力を練り上げていく。

「フ、フヒヒヒヒ、悪あがきのつもりか？　そんなことしても、このオレ様に勝てるワケねぇのによ」

トロールはエストを抱えながら、棍棒を大きく振り上げた。

真正面から俺を倒すつもりなのだろう。

当然、俺が剣で立ち向かっても、その棍棒に剣ごと全身を砕かれてしまう。

だが、それでいい。

「ま、待って、ブライ……どうするつもり？　そんなに魔力を練り上げたら、ブライの身体が……!!」

「良いんだ。これは俺のミスだ。奴らを侮り、油断した。だからその責を負うのは俺でなきゃいけない」

俺の魔力など、エストに比べれば雀の涙ほどしかない。

だが、それでも人間に秘められた魔力は侮れない。

普段、身体を守るために、俺達は無意識に魔力の放出量をセーブしているという。

なら、その〝枷《かせ》〟を解き放ったならばどうなる？

たとえ〝変異種〟でも、跡形もなく消し飛ばす程の力を発揮出来る。

俺は体内から湧き上がる魔力を全て雷撃に変換していく。

「だ、駄目、ブライ!!　それじゃ、そんなんじゃ……私だけが助かったって意味ないんだから!!

お願い、早まるのはやめて!!」

エストの気持ちは痛いほど分かる。

彼女にとってはようやく出来た、二千年ぶりの仲間なのだ。

それをこうしてあっさりと失うなど、耐えがたいことだろう。

「………すまない。ちょっと、他に手段が浮かばない」

俺は剣に紫電《しでん》を纏《まと》わせると、全身の魔力を暴走させんとする。しかし……

――緊急事態につき、管理者権限をブライ・ユースティアより〝REGIN《レギン》〟へと委譲《いじょう》します。

「なんだ……？」

突如、聞き慣れた音声が頭に響いたのだ。

――アスガルコード《ドヴェルグ・ハンマー》を起動します。

【ログインボーナス】が勝手に発動している……なにが起こっているんだ？

――《Fimbul《フィンブル》》を生成。重ねてアスガルコード《バルドゥル・レイ》を起動します。

しかし、音声は俺の言葉に応えることなく、淡々《たんたん》となにかを実行していく。

すると直後、目映《まばゆ》く蒼白い光が周囲一帯に広がっていく。

「う、うおおお、な、なんだテメエ、なにをしてるんだ……!?」

その余りに眩しい光に変異種がたじろぐ声が響いたかと思うと、俺の視界は完全に光に覆われていった。

やがて、光がゆっくりと引いていく。

「一体、なにが起こったんだ」

なに一つ事態が呑み込めないまま、俺はゆっくりと目を開く。すると……

「これは……剣？」

目の前に蒼銀《そうぎん》に輝く剣が浮かんでいた。

「凄まじい力を感じる……」

鑑定するまでもない。

今、目の前にあるものは、人智を超えた力を秘めた神器《しんき》だ。

「………」

ゆっくりとそれに手を伸ばし、触れてみる。

――ドクン。

っ⁉　な、なんだ……？

心臓が高鳴った。

目の前の剣に触れるだけで、俺の中でなにかが胎動《たいどう》するのが分かる。

力が溢れてくる……まるで、生まれ変わったかのような気分だ。

試しに剣を一振りしてみる。

すると、まるで空間を裂くように、凄まじい紫電《しでん》が目の前に奔《はし》った。

――申し訳ございません。緊急時につき、こちらで勝手にマナを消費させて頂きました。

聞き慣れた音声が俺に語りかけてくる。

「一体、なにをしたんだ？」

――武具の生成、及び解呪を実行しました。

「解呪……？」

武器の生成はともかく、解呪とはどういうことだ？

――ブライ様の成長を阻害する、強力な呪いが掛けられていたため、上位コードを発動させて解呪いたしました。本来であれば使用出来ない機能ですが、例外的に発動を承認いたしました。

呪い……上位コード……

「お前は隠し事だらけだな。なにを言ってるのかさっぱり分からん」

――申し訳ございません。開示出来る情報に限りがありますので……

「まあ、いい。一つだけ分かってることがある」

――それは?

「形勢が逆転したってことだ」

レベル:79

体力:B+

力:A

魔力:A+

守備:B

魔法耐性:B

敏捷性:S-

幸運:D

スキル:【剣技:S】【雷撃魔法:A+】【体力回復:B+】【魔力回復:B】【高速詠唱:C】【鑑定

眼：C】【ログインボーナス：EX】【聞き耳：B+】etc…

「せき止められてたステータス上昇が、一気に行われたってことなのだろうか？」

それにしても凄まじい力だ。

まさか、俺にこれほどの力が秘められていたとは……

「テ、テメエ、妙な光を出しやがって……」

金色のトロールも視界を取り戻したのか、エストを掴んだままこちらへとゆっくり歩いてきた。

「ハッ、なにをしたのかは知らねえが、ニンゲン如《ごと》きがオレに勝てるわけねえ。たっぷり甚振《いたぶ》ってやるぜ」

トロールが再び棍棒を振り上げた。しかし――

「遅すぎる。いや、俺が速いのか？」

刹那《せつな》――蒼白い稲妻《いなずま》と共に剣閃《けんせん》が奔《はし》る。

「え……？」

トロールがきょとんとした表情を浮かべると、エストを掴んでいた腕がぼとりと落ちた。

「エスト、すぐにこいつをなんとかするから。とにかくその場を離れていてくれ」

「う、うん」

エストはゆっくりと立ち上がるとトロールから逃げ出す。

「ま、待て。今なにを？」

「遅いと言っている」

新たに手に入れた力……蒼銀の剣を振るうと、俺はその剣圧だけでトロールを吹き飛ばす。

「そうだ。折角だし試してみるか」

俺はあることを思いつくと、剣に魔力を流し込んだ。

「今までは試してみても剣が壊れて使えなかったんだが、こいつなら……耐えてくれるだろう」

俺はゆっくりと剣を天に掲げる。

すると晴天は、雷雲ひしめく荒れた天へと変貌していき、凄まじい雷が俺の剣に直撃した。

「っ……」

一発二発三発と、次々と雷が剣に収束していく。

しかし、剣は微塵《みじん》も欠ける様子はなく、その膨大なエネルギーを刀身に溜め込んでいく。

「いいぞ、いい感じだ」

「ピ、ピギィッ⁉　テ、テメエ、なにをしている……」

剣に蓄えられたエネルギーが、徐々に巨大な光の剣へと成長していく。

同時に、かつてないほど、自分の力が高まっていくのを感じる。

俺は身体から溢れ出そうになるありったけの魔力を全て刃に変えると、雷の剣をトロールへと振り下ろした。

「俺の仲間に手を出してくれた礼だ。消し飛べぇぇぇぇ！！！」

＊

「……っ」

戦いを終えて、俺はよろめいた。

「大丈夫、ブライ？」

慌ててエストが駆け寄ってきて、俺を支えてくれる。

「あ、ああ、ちょっと力を使いすぎた」

ありったけの力を放出した爽快感と疲労感が、どっと押し寄せてきた。

先ほどは、まるで全身にくくりつけられた重りを、全て取り外したかのような解放感であったが、そのせいで力加減を見誤ったようだ。

「これであの厄介《やっかい》なトロールは消えた。アグウェルカ、お前の身体の方はどうだ？」

『既に回復した。それにしても見事な一撃であった。雷神《らいじん》の名が相応しいほどの戦いぶりであった』

「う、うん。凄いよ、ブライ。でも、どうして？」

俺は右手に握っていた蒼銀の剣を二人に見せた。

「綺麗な剣……【ログインボーナス】で出したの？」

「ああ、どうやらそうらしい。それに〝呪い〟とやらが解除されたお陰で、随分と解放的な気分だ」

戦力外通告をされてからも、修業だけは欠かさず続けてきたが、その成果がようやく出たのだろうか。

「だが……ちょっと限界かもしれん」

今までにない達成感が胸いっぱいに広がったかと思うと、全身から一気に力が抜け、エストを巻き込む形で地面へと倒れ込んでしまった。

「ブ、ブライ!? きゅ、急になにするの？」

「す、すまん。少しだけ休ませてくれ。本当に身体が動かないんだ……」

「もう……」

エストが少し呆れたような表情を浮かべた。

「でも、ありがとう。ブライはよく頑張ったよ」

そう言ってエストが俺を抱き寄せると、背中をそっとさすってきた。

「ま、待て。少し扱いが子供っぽくないか？」

「そうだねー。大きな子供みたいだねー」

そうしてエストは悪戯《いたずら》っぽく笑った。

『やれやれ、気を抜きおって。先ほどのようなことがまたあるやも――ッ!?』

直後、アグウェルカがなにかの音に反応して、そちらへ飛びかかった。

「ガアッ、て、てめえ、犬っころ!?」

それはトロールの残党であった。

『グルルゥ……まだいたのか』

アグウェルカはトロールの巨体を突き飛ばすと、高らかに咆哮を上げて氷魔法を発動させた。

「あ、あが……ぎ……つ、冷たい……」

そしてトロールを完全に凍結させると、その鋭い爪牙《そうが》で砕き散らすのであった。

「ルカちゃん……ありがとう!!」

エストが礼を告げる。すると……

「おう、まだいるぜ!!」

なんと、新たなトロールが出現したのだ。

『ま、まずい!!』

アグウェルカが反応するも、一歩間に合わない。

トロールの棍棒がエストの華奢な身体を捉える寸前——

「消えなさい!!」

「…………え？」

凜とした声と共に、鋭い矢がトロールの右目を貫いたのであった。

まるで彗星《すいせい》のように凄まじく美しい一撃が、トロールの右目を貫き、あっさりと絶命させてしまう。

「一体どういうことですか。暗黒大陸にいるはずのトロールがこんなに……」

そして、凜とした声に次いで、二の矢、三の矢が立て続けに放たれた。

ただの弓の一撃ではない。

それらは神聖な魔力光を帯びながら大気を激しく振動させ、次々とトロールの肉体を貫いていく。

「す、凄い……」

俺達は思わず息を呑んでしまう。

その一撃で分かる。

この矢を放った人物は、エストに匹敵《ひってき》するほどの魔力を持っている。

俺はゆっくりと矢の放たれた方を振り返る。

「……君が助けてくれたのか？」

そこには、鮮やかな金の髪をなびかせた美しい少女が佇《たたず》んでいた。

「目障《めざわ》りなトロールが人を襲っていたから駆除の手伝いをしただけです。助けたわけではありません」

ん？　それは助けたということで良いのでは？

少女の素《そ》っ気《け》ない言葉に引っかかる。

しかし、少女は特に気にする様子は見せず、魔力の光を放ってトロールの死体を完全に浄化《じょうか》した。

「綺麗……」

口調こそ素っ気ないが、浄化の粒子《りゅうし》の中で金の髪を揺らす彼女の姿は、息を呑むほどに美しい。

この世界を作り出した女神は、最初の生命として、自分に姿を似せた人類を生み出したと言われる。

であるとすれば、彼女は最も女神に近い容姿を持っていると言っても過言ではないだろう。

しかし、そんな完璧な容姿を持つ彼女だが、決定的に我々と違う点があった。

「その耳……もしかして、エルフなのか……」

エルフ……それは人に極めて近い容姿と、長い耳を持ち、人間を遥かに超える魔力と寿命を併せ持つ種族である。

「……そうですね。あなた達の言葉で言えばそうなります」

少女は澄んだ声でそう答えた。

「君のお陰で助かったよ。ありがとう」

「別に……それよりも……」

俺達が礼を言うと、少女はすっと俺の目の前に移動してきた。

「どうしたんだ？」

「マナが乱れている。人間は本当に無茶をする」

そう言うや否や、少女は俺の胸に手をかざして魔力の光を浮かべた。

それはすうっと俺の中へと入ってくると、乱れた魔力の流れを修正していく。

「ありがとう。楽になった」

「別に……」

少女は短くそう返すと、宙に浮いて飛び去って行った。

「ブライ、彼女の耳……凄く長かった」

エストの時代にはエルフもまだいなかったのだろう。俺は軽く説明する。

「あれはエルフと呼ばれる種族の特徴だ。だが、村の人間には彼女と遭遇したことは伏せておいた方が良さそうだ」

「どうして……？」

人間とエルフの関係は微妙だ。基本的に両者は住処を同じくすることはないし、交流を持つこともほとんどない。

それどころか多くの人間は、エルフを嫌悪すらしているのだ。

故に、彼女の存在は伏せる方がお互いのためにも良い。

「おーい、君達大丈夫かい？」

その時、遠くでセインさんの声がした。

どうやら俺達の様子を見に来たようだ。

「セインさん、トロールならなんとか倒せた。これで当面は安心していいと思う」

エルフの少女の協力もあったが、それは黙っておくことにする。

「おお、それは素晴らしい。本当にありがとう二人とも」

「ああ、だが気がかりなのは、なんでこんなに魔族、それも滅多に姿を現さない上位種がわんさかいるかだ」

気になるのはその点だ。

ゴブリンのような低位の魔族は広く生息しているため、目にする機会も少なくない。

しかし、トロールなどの上位種は、暗黒大陸に生息している。人間の生息域に紛れ込む個体も、決して多いわけではない。

「そうだね……昔からゴブリンが湧くことはあったけど、あんな強力な個体が現れたのは初めてのことだよ。なにか原因があるのだろうか……」

「おーい、セイン!!」

その時、村人の一人が駆けてきた。

相当急いでいたようで、肩を上下させている。

「ま、魔族だ!! 数は少ないが、村にゴブリンが湧いてきたんだ。早く戻ってきてくれ」

「なんだって？」

セインさんが青ざめる。

ただでさえ恐ろしい上位種の襲撃が続いたというのに、低位種とはいえまたも魔族の襲撃だ。その心労は相当なものだろう。


「これで一通り片付いたか」

最後のゴブリンを斬り捨てると俺は剣を鞘にしまう。

しかし、本当に身体が軽い。

あの少女のお陰で使い切った魔力もいくらか戻り、ゴブリンをスムーズに討伐出来た。

「クソッ、俺達の畑を荒らしやがって!!」

村人の一人が怒りに身を震わせている。

どうやら、ゴブリンの毒矢によって畑を台なしにされたらしい。

「くそっ、俺の家……修理したばっかかなのによ!!」

怒りに震えているのは一人だけではなかった。

家を荒らされた者、家族を傷付けられた者、多くの村人達が魔族への怒りを露わにしていた。

「みんな、だいぶフラストレーションが溜まってる。一刻も早く復興を進めないとな」

防壁の修理、食料問題の解決など、問題はまだ残っていた。

「ああ、それなんだけど、ブライくん。【ログインボーナス】であのランタンを増やすことは出来たりしないかい？」

「《温風のかがり火》のことか？」

「うん、さすがにこの寒気の中で、暖房設備が不十分だから体調を崩す者が出てきたんだ」

確かに《温風のかがり火》は現状、一個しかない。

体力のない老人達に優先して使ってもらっているが、やはりしわ寄せが来ていたか。

「量産か……出来なくはないがコストがかなり掛かる。復興に必要な物は他にもたくさんあるから、難しいところだな」

《温風のかがり火》であれば量産に３０００ものマナを要する。

トロールの撃破で多少はマナを稼げたか、それでも用途は慎重に見極めたい。

「とはいえ、暖房設備が必須なのはその通りだな。あれも魔導具だし、ノーザンライトで技術者を探して、解析と量産を頼むってのも手だが……」

ノーザンライトは、魔導具の研究が盛んな都市だ。

そこでなら量産の糸口も見えてくるかもしれない。

「技術者……技術者……」

「どうした、セインさん？」

一方、セインさんはというと、なにか考え込むような仕草で唸っていた。

「いや、技術者、頭に引っかかるなと思って」

「もしかして心当たりがあるのか……？」

「うーん………あ、そうだ。レオナさんだ‼」

「レオナ？」

聞いたことのない名前だ。

村にそんな名前の人はいただろうか？

「実はノーザンライトで働く技術者の娘さんが、数年前にこちらに移り住んできたんだよ。彼女自身も技術者だから、なにか力になってくれるかも」

「こんな身近に技術者がいたのか……？」

魔導具開発は、魔法に関する深い知識と、術式と物質を結びつける【魔導】の概念を深く理解した者にしか行えない。

多くの魔道士はこの【魔導】という概念を理解するのにつまずき、技術者の道を諦めるというが、それを若くして修めている者が身近にいるとは思いがけない幸運だ。

「あー、でも、一つ問題が……」

「問題？」

「うん、どうやら彼女は魔導具にはあまり関わりたくないようなんだ。果たして請《う》けてくれるか……」

「なにか事情があるのかもしれないな……でも、技術者が復興に手を貸してくれればこんなに心強いことはない。彼女の居場所を教えてもらってもいいか？」

＊

エイレーンは山の麓《ふもと》に広がる村だ。

しかし、山に入った部分にも家はあるらしく、やや急な斜面を這うように通る山道を抜けた先に、その一軒家がぽつりと建っているという。

「ここか」

レオナという人物はあまり村人と交流せず、こうして山奥に隠れ潜むように住んでいるらしい。

「レオナさん、自分は最近村に来たブライという者だ。少し、尋ねたいことがあるんだが、入れてもらってもいいだろうか？」

俺は家の戸を叩き、そう尋ねた。

すると、意外にもあっさりと家の戸が開かれた。

扉の向こうから現れたのは、紅蓮《ぐれん》の髪を二つに縛った小柄な少女であった。

あまり村人と交流することがないという話だったが、彼女は拍子抜けするほどにあっさりと俺を家に招いてくれた。

「村を守ってくれてありがとう」

「え？」

クールな見た目とは裏腹に、最初に出てきたのは素直な言葉であった。

「さっき村の近くに現れたトロール、あなたが駆除してくれたんでしょ？」

「あ、ああ、そうだけど、よく知ってるな」

トロールの討伐はほんの数時間前の話だ。村とあまり交流を持たない彼女は、どうやってそのことを知ったのだろうか。

「それで、どんな用件かしら？　あなたは村の恩人だから、出来れば力になってあげたいのだけれど」

ふむ。山奥に隠れ潜む割には、意外と社交的な人物のようだ。

「ああ、実はこれを量産して欲しくて」

《温風のかがり火》を差し出した。

「魔導具ね。エネルギー源は使用者から借りるんじゃなくて、周囲の霊子を蓄えるタイプみたい。……でも、思ったよりも複雑な機構みたいね」

そう言って彼女が《温風のかがり火》を眺め回す。

俺からすればただのランタンにしか見えないが、恐らく彼女にはそれに刻まれた霊子回路が見えているのだろう。

「それで、どうだろうか？」

「技術的には可能よ。材料さえ揃えてくれれば、今すぐにでも作れると思う。ただ……」

彼女は視線を落とす。

「私はあまり魔導具に関わりたくないの……」

彼女は申し訳なさそうな表情でそう言った。

「なにか事情があるのか？」

初対面の相手に踏み込んだ質問だとは思うが、俺は思いきって尋ねてみた。

「……魔導具に刻まれる霊子回路には、作った人間の〝クセ〟みたいなものが出るのよ。たとえ、他の回路をコピーした量産品でもね。だから、これの運用次第では、私の居所がばれてしまうの」

「居所……？　一体どういうことだ？」

その話しぶりから、彼女は何者かに追われているのだろうか。

しかし、見た目の年齢はエストとそう変わらない少女に見える。

まさか、彼女まで二千歳を超えてる……なんてことはないだろうし、そんな少女を誰がどういった理由で追い回すというのだろうか。

「まあ、別に隠すほどのことじゃないかしら。私はこの村に移り住んできたんじゃなくて、逃げてきたの。ノーザンライト魔導研究所から逃れるためにね」

＊

「ノーザンライト魔導研究所から逃れるため……か」

昨日は結局、レオナにそれ以上のことを聞けず、協力を取り付けることが出来なかった。

「どうして彼女は追われてるんだろうな」

ノーザンライト魔導研究所といえば、この国の魔導具産業を支える研究機関だ。

それが一体なぜ彼女を狙うのだろうか。

「彼女って……誰？」

「うわぁ!? エスト、いたのか……」

考え事に夢中になっていると、背後から突然エストが俺の顔を覗き込んできた。

完全に意識の外からやってきたため、随分と驚いてしまった。

「エスト、俺の部屋に入る時はノックをして欲しいんだが……」

「したよ？ したけど、返事がなかったんだもん。ところで、彼女って誰？ ねえ、誰なの？」

まるで光を失ったような瞳でエストが顔を近付けてくる。

「な、なんだ、怒ってるのか？」

エストはなにも答えずに、ただじっと俺を見つめたままだ。

「え、えっと……なにか悪いことをしたなら謝る。だからどうか……」

咄嗟に俺は謝罪を口にしようとするが、エストの表情は動かない。

その瞳は全てを見透《みす》かすように冷たく、恐ろしい。

そして、その冷たい瞳が眼前に迫り、エストはゆっくりと口を開いた。

「びっくりした？」

「え……？」

しかし、彼女から発せられたのは拍子抜けするような言葉であった。

「愛が重そうな女の人の真似」

「えー……」

どうやらエストの冗談のようだ。

なにか鬼気迫るものがあって肝を冷やした。良かった、なにもなくて……

俺はほっと胸を撫で下ろす。

「それでブライが言ってたのは誰のことなの？」

「ああ、レオナっていう魔導技術者だ。俺が生み出した魔導具を量産してもらえないかと思ってな」

「そうなんだ。こんな偶然ってあるんだね」

「偶然？」

一体どういうことだろうか。

「ほら、前に食事を届けてる子がいるって話したでしょ。それがレオナなんだ」

そうか、彼女達は既に知り合いだったのか。なら、俺一人で行くんじゃなかったな……

なんだか損をしたような気分であった。

昨日は結局、話は聞けずじまいで、魔導具量産の件もうやむやに終わってしまったからな。

だが、エストがいれば、もっと詳しく話を聞けたかもしれない。

「少しだけ話聞いたけど、レオナは好きであの小屋にいるわけじゃないんだ。だから、かわいそう……」

確かに、彼女の歳であんな山奥に好き好んで隠れ住みたくはないだろう。

「なら、その問題もどうにか出来れば良いんだがな」

昨日知り合ったばかりの相手だが、それでも断片的に聞く事情だけでも気の毒に思える。

果たしてなにか出来ないものか……

「そもそもの元凶をどうにかする……これは現実的じゃないな」

そもそも彼女と研究所の事情が分からないし、俺一人でどうにか出来るほど、国の研究機関というのは単純な組織ではない。

「そうなると、あそこよりも安全な居所を提供するとかだろうか」

彼女は確か、居所が割れることを恐れていた。あの山奥の小屋は隠れるにはそれなりに良い場所だが、それでも絶対ではない。

せめて、彼女が安心出来るような空間が用意出来れば良いのだが。

「それならやっぱり【ログインボーナス】じゃない？」

「そうだな……試してみる価値はあるな」

俺は【ログインボーナス】を発動させ、【建築】を選択する。

——現在のランクで建造出来る物は以下の通りです。

小規模な民家、防壁、倉庫、井戸、畑などなど……

それらは生活を営む上で、必要となる基本的な建築物であった。

「さすがに……家を作ったところでどうしようもないな」

現在の俺のランクでは、彼女の身の安全を保証するような施設は建築出来ないらしい。

「どうしたものか……」

「ねえ、この【拠点《きょてん》拡張】ってなに？」

あれこれと考え込んでいるとエストが俺の肩に手を置いて、スキル画面を覗き込んできた。

「って、また勝手に覗き込んで」

「いいじゃん、いいじゃん。それよりもこれって初めて見るやつじゃない？」

「そういえばそうだな。もしかしたら、何らかの条件を満たして解放されたのかもしれないな」

一体、どんなものなのだろうか。

俺は早速、新たに追加された【拠点拡張】を選択してみる。

――おめでとうございます。村の復興度が一定値に達し、村の周辺に巣食う強力な魔族が討伐されたため、拠点の拡張が行えるようになりました。

「強力な魔族……あの変異種のことだろうか」

確かにあれは、並外れた相手だった。

このスキルの機能が、村の復興度とやらと関係しているのであれば、あのトロールの討伐は、随分と大きな影響を与えているだろう。

「具体的になにが出来るんだ？」

――地下の空間を開放します。魔導工房、鍛冶工房、縫製《ほうせい》施設など、生産に関わる設備を整えたり、温浴《おんよく》設備を設けたり、何らかの機能を付加することが可能です。

城の地下と来たか。

現状、この城は二階建ての小規模なものだが、どうやら拡張の余地があるようだ。

「ねえ、ブライ」

エストが俺の脇をツンツンと突ついてくる。

「ああ、そうだな。試しに開放してみよう」

言わんとすることは分かっている。

魔導工房、それが開放出来れば、レオナの隠れ場所に最適な空間が用意出来る。

「うん!! 楽しみだなあ、温泉」

「違う、そうじゃない」

なんとも呑気なことを言い出すものだ。

話の流れ、分かってたのだろうか？

「もちろん、冗談だよ。レオナのためにも早速、開放してあげないと」

「といっても、レオナが受け入れるかは分からないぞ？」

「うーん……確かにそうだけど、魔導具の量産とか頼むなら、こっちも本気を見せないと」

それはその通りかもしれない。

彼女も決して悪い子ではないのだろうが、俺達に心を開いているとは言えない。

頼み事をする以上、こちらも出来得る限りの誠意を示す必要がある。

「よし、それじゃあ。地下に魔導工房を用意してくれ」

――かしこまりました。

無機質な音声が応じた直後、ごうっという音と共に城が揺れ始めた。

「あ、あわわ……じ、地震!?」

「いや多分、城の地下が拡張されてるんだろう」

やがて、轟音《ごうおん》と振動がやんだ。

「なにか変わりはあったのだろうか？」

俺とエストは一階に下りてみる。

すると、城の中央広間にこれまでなかった門が出現していた。

＊

「ね、ねえ、どこに連れて行くの？　見せたいものがあるって言ってたけど」

城の地下が拡張された直後、俺達は早速レオナを地下工房に案内することにした。

最初こそ彼女も渋っていたが、俺とエストが必死に拝み倒すことで、なんとか連れ出すことに成功したのだ。

「うぅ……どうか見つかりませんように……」

レオナはケープを纏って深く顔を隠していた。

まるで罪人を連行する騎士のような気分だった。

「ここだ」

さて、俺達がやってきたのは先ほど出現した門の前だ。

「ここ、確か突然現れた城よね。あなたのものなの？」

「まあ、一応そうなるな」

「お金持ちなのね。羨ましい」

「いや、そういうわけじゃないんだけどな……」

経緯を説明するのは少し面倒だが、まあおいおい話していくことにしよう。

「でも、この門、どうやって開けるのかしら？　見たところ鍵穴らしきものは見当たらないけど」

彼女の指摘通り、この門に鍵はない。

「この門には、許可された人間のみが開けることが出来る機構が組み込まれているらしい」

「本当？　どんな仕組みなのかしら？」

レオナがじっくりと門を眺め回す。

魔導具には関わりたくないとのことだったが、やはり魔導技術者の血が騒ぐらしく、未知の機構を前に興味津々《しんしん》のようだ。

「それじゃ、この門の通行権限をエストとレオナに渡してくれ」

俺はこの門を通る許可を、エストとレオナにも与えるように要請する。

どうやら、ここを通れる人間は俺が指定出来るようだ。

レオナはもちろんのこと、エストにも許可を与えていいだろう。

——かしこまりました。エスト様、レオナ様両名の地下工房への通行を許可いたします。

無機質な音声が響いたのと同時に、轟音を立てて門が開いた。

「この先を見せたかったんだ」

俺は地下への階段を下り、もう一基《き》の門を開く。

「これって……」

門の先の光景に、レオナが吸い寄せられていく。

そこにはなかなかの広さの工房が俺達を待っていた。

中央には、地中の霊子を吸い上げて工房内に供給するための、球体の動力炉。奥には霊子回路を刻むための工作機械が置かれている。

他にも、素材をしまうための保存箱、簡易な工作を行うためのキットが備えられており、ちょっとした魔導具の研究なら行えそうな空間である。

また、ベッドが置かれた個室もしつらえてあり、ここに泊まり込むことも可能であった。

「凄い……まさかこの村でこんな開発環境が整えられるなんて……」

「とはいえ、ノーザンライトの工房に比べたら簡素なものだろうな」

多くの工房では専用の工作機械を設置しているし、動力炉の性能も遥かに良いそうだ。

しかし、現状の復興度ではそこまで上等なものは用意出来なかった。

「ううん……それでも、ここまで揃ってるのは凄いわ。あの小屋にあるものよりもずっと上等だもの」

どうやら、長らく狭い小屋に閉じこもっていた彼女にとっては、これだけの設備でも十分なものに映ったようだ。

「ね、ねえ、どうして私をここに？」

レオナが困惑したように尋ねてくる。

その瞳にわずかな期待が入り交じっているように見える。

彼女にしても、ここに連れてこられた意図は薄々察しているだろうが、さすがにそれを彼女自身から口にするのはためらわれるのだろう。

「決まってる。君に使ってもらいたくて案内したんだ」

「え……？」

素っ気ない彼女の表情が、わずかに驚いた表情に変化したのが見て取れた。

「あの小屋では寒さを凌ぐのも一苦労だろう。幸いここはそこまで冷えないし、工房機能だって簡素だけど揃っている。だから、君さえ良ければ、ここに住んでみないか？」

「ほ、本気で言ってるの？　昨日今日出会った人間にこんな立派な部屋を……」

突然の申し出に、彼女も混乱しているようだ。

無理もない。彼女からすれば、親切にされる義理などないと思っているはずだ。

「本気だ。俺は成り行きでこんな城まで貰ったが、どうせなら俺だけ得するよりも、今困ってる人達に使ってもらいたいと思ってる」

「……呆れるほどのお人好しね」

物言いはややキツイが、彼女の口元はわずかに緩んでいた。

「といっても、もちろん親切心だけじゃないぞ。俺も君にやって欲しいことがあるからな。どうだ、取引しないか？」

俺の提案を聞いて、レオナがそっとため息をついた。

「さすがにここまで用意されたら断れないわ。分かった。魔導具量産の件、引き受けるわ」

「ありがとう。助かるよ」

「ただ……もしかしたら、いつか奴らに見つかる時が来るかもしれない。それでも、それでもいいの？」

レオナが危惧《きぐ》しているのは、彼女を狙う魔導研究所がこの村に対して直接的な行動をとるのではないかということであろうか。

確かに危険もあるかもしれない。だが、そうなった時、俺が採るべき行動は一つである。

「答えは決まってる……そんなことになったら、俺は全力で君を守るよ。この村の人達にだって危害を加えさせない」

「もちろん私も力になるよ、レオナちゃん」

エストも張り切った様子でそう答えた。

「そ、そう……えっと、二人共、ありがとう」

レオナは照れた様子を見せると、小声でそう呟いた。

「その、図々《ずうずう》しいかもしれないけど、必ず私を……いえ私だけじゃなくて、この村も守ってね」

そう言ってレオナは手を差し出した。

「もちろんだよ」

俺は一歩前に出ると彼女の手を取る。

すると同時に、エストもその上に手を重ねてきた。

「えーっと、改めて……私の名前はレオナ・アーリントン。今はまだ修業中だけど、魔導技術者よ」

「私はね、エスティアーナ・ラグウェル。エストって呼んでね。職業は……学生？」

「俺はブライ・ユースティアだ。気ままな無職……だろうか？」

「なにそれ……？」

レオナがクスリと笑った。

「そうは言っても、ギルドをクビになった身だからな。冒険者って名乗りづらいんだよ」

俺は少し気恥ずかしさを感じながら、新しく得た仲間との挨拶を済ませるのであった。

＊

「えっと……それで、どうしてあなた達、ここでご飯を食べてるの？」

数日後の朝、俺達が朝食をとっているとレオナが怪訝そうに尋ねてきた。

「だって、ご飯はみんなと食べる方がおいしいだろ？」

「でも、あなた達にはもっと立派な広間があるでしょう」

今、俺達が囲んでいるのは広間の大きなテーブルではなく、地下に置かれた狭いテーブルである。

確かに三人で囲むにはやや狭苦しいと言える。

「そんな、レオナちゃんは私達と食べるのが嫌なの……？」

「ち、ちが……私はただ、私なんかに気を遣って、こんな狭いところでご飯を食べなくてもいいって」

「なんだ、文句があるのか？　ならそのチキンは俺が貰うぞ」

そう言って俺はフォークを伸ばす。

しかし、咄嗟にレオナが皿を持ち上げ、俺の伸ばしたフォークは宙を掠《かす》めてしまう。

「ダ、ダメよ。文句なんて言ってないんだから!!」

あれこれとぼやくレオナだが、別に俺達を追い返そうというつもりはないようだ。

「そ、それよりも、例の魔導具の量産の話なんだけど」

そういえばその話があった。

新居を二棟《とう》用意したものの、暖房設備がないために、夜の寒さをやり過ごす手段に関しては未解決であった。そのため、レオナには《温風のかがり火》の解析と量産を依頼していたのだ。

「解析は大体終わったわ。明日にでも量産は出来そう」

「本当か？　こんなに早くやってくれるなんて、やっぱりレオナに頼んで正解だったよ。本当にありがとう」

「た、大したことはないわ。思ったよりも簡単な機構だったし」

礼を述べると、レオナは顔を赤くさせてそっぽを向いた。

「レオナ、照れてる」

「照れてない!!　それよりも、話はそんな簡単じゃないんだから」

「どういうことだ？」

「技術的には量産出来ても、肝心の素材がないの」

そうか。【ログインボーナス】と異なり、人の手で量産する以上は、そこのハードルを越えなくてはならない。

「なにが必要なんだ？」

「マナタイトよ。魔導具は基本的にこの鉱石に術式を刻んで、魔力を蓄えさせるの」

「そうか。確かにそれがないと魔導具は作れないか……俺のスキルで増やせないか？」

試しに俺は【ログインボーナス】を起動してみる。

――マナタイトの量産は1グラムあたり500のマナを使用します。生成しますか？

どうやらあの鉱石の生成には、相当量のマナが必要となるらしい。

レートが悪すぎる……道理で魔導具の量産のコストが高いわけだ。

「ダメだな。なんとか現物を用意しなきゃいけない。レオナは採れる場所に心当たりはあるのか？」

「あるにはあるけど……」

何やら歯切れが悪い。

「今、マナタイトの採掘が盛んなのは、ここから南東の方にあるエヴァグレーズ鉱山ね。国内で産出される量の内、99パーセントがエヴァグレーズ産だから」

「じゃあ、この辺りじゃ採れないのか？」

「採れないわけじゃない。ここから北に行くと、かつてマナタイトが掘られてた鉱山があるわ」

「本当か？　それなら話は早い。そこに採りに行こう」

しかし、レオナは渋い顔をする。

「既に放棄された山だから掘る分には構わないけど、別の問題があるの」

「別の問題？」

「あそこは国に放棄されてから山賊《さんぞく》の根城《ねじろ》になってるのよ」

「山賊……か」

どこへ行っても厄介な輩《やから》はいなくならないものだ。

しかし山賊ぐらいなら、今の俺の腕ならどうにか出来るかもしれない。

「よし、俺がなんとかしてこよう」

「本当？」

「ああ、どのみち素材は必要になるだろう？」

「まあそうだけど」

一人で手に負えそうになければ一旦引けばいい。

まあ、なんとかなるんだろう。

「さてと、話は変わるんだが」

魔導具の素材に関しては、話がまとまったということでいいだろう。

俺は、最近気になっていることについて二人に話すことにした。

「どうしたの、ブライ？」

エストが首を傾げて尋ねる。

「最近、誰かに尾《つ》けられてる気がするんだよな」

「なにそれ……？」

レオナが怪訝そうな表情を浮かべた。

「いや、折角ステータスが戻ってきたから、魔族の討伐でもしようかと思ってな。だけど、魔族を探してる間、誰かの視線みたいなのを感じるんだよ。それに、いざ魔族を見付けて駆け付けると、だいたい先に討伐されてるし。もしかして、エストだったりするのか？」

「違うよー。私だったらこそこそする必要ないし」

それもそうか。

「他にもなんか妙なんだよ。山の中にある池から、村に水を送る水道があるんだけど、凍結してたんだ。だからセインさんに頼まれて解凍しようと思ったんだが、いつの間にか溶かされてたんだよなあ」

「話を聞く限りだと、別に嫌がらせってわけじゃないね。尾けられてるというよりも、先回りしてブライを手助けしてくれてるみたい」

「うーん……」

俺は顎をさすって思案する。

「だけどそれなら、なんで俺に隠れてこっそり手伝うんだ？」

「確かに妙ね。あなた達、なにか心当たりはないの？」

「心当たりか……」

レオナに言われ、俺はここ数日の出来事を思い返す。

「あれじゃない、ブライ。この前トロール倒した時の」

「あー、そういえば最近、知らない人に助けられたことがあったな」

俺達が疲弊した隙を狙って襲ったトロール、それを一掃したのはエルフの少女だった。

「結局、名前も素性も聞けずに別れてしまったな。悪い子じゃなさそうだったが、もしかして彼女なのだろうか」

「エルフが人助けね……エルフはあまり、人と関わろうとしないから珍しいけど……」

「まあ、いい。別に俺達に危害を加えようとしてるわけじゃないし、この村を助けてくれてる誰かの特定は後回しだ」

今の問題は鉱石の確保だ。

俺は早速、準備を始める。


「本当に一人で行くの？」

黒馬に跨《また》がる俺を、エストが心配そうに見上げてくる。

「ああ。この剣があれば山賊相手に後れをとることはないだろうし、ランタンの量産は早ければ早い方がいいからな」

実際、体調を崩す者が現れた以上、長引かせるわけにはいかない。

それにマナタイトがあれば他にも魔導具を開発したり、量産したりすることだって可能だろう。

「それなら私も……」

「いや、エストとアグウェルカは村に残っててくれないと。また、いつ魔族が襲ってくるか分からないしな」

「それはそうだけど……」

「大丈夫。これでも冒険者だ。危険を察知して逃げることは得意なんだ。だから、やばそうな時はすぐに引き返すよ」

「必ずだよ」

「ああ。エストも村のことは任せたぞ」

そうしてエストに別れを告げると、俺は北の鉱山へと向かうのであった。


北の鉱山はそれなりに遠いところにある。

この黒馬でも二時間はかかるほどの位置にあるため、相当な距離と言えるだろう。

「だいぶ走り通しだが、大丈夫か？」

俺は馬を気遣って声をかけてみる。

といっても、こちらの一方通行なのだが。

『ああ、心配は要らない。俺の身体は特別製だからな』

「うお⁉　お前、話せたのか？」

『なにを言っている。お前の持つその耳飾りのお陰だろう』

「あー。そういえば」

ここ最近、これを身につけていることが当たり前だったので、つい忘れていた。

『まったく。しっかりしてくれ。お前は一応、俺の主になるんだからな』

「すまないな、えーっと……」

黒馬に呼びかけようと思ったところで、俺はこいつの名前を知らないことに気付いた。

「お前、名前とかはあるのか？」

『名前はお前達人間の文化だ。俺にはない』

「だけど、アグウェルカには名前があったが……」

誰かに飼われていたというわけではないだろうし、獣に名前を名乗る文化がないのであれば、どこであの名を得たのだろうか。

『あの方は特別だ。俺なんかよりも遥かに長い時を生きている。それこそ神話の時代からな』

「し、神話……？　アグウェルカはそんなに長生きだったのか」

エストに親しみを感じているところから長命だとは思っていたが、俺の想像を遥かに上回っていたようだ。

「しかし、そうなると、名前がないのは不便だな。主に俺の側の事情だが」

『ほう。お前が名付けるのか？』

「嫌か？」

「いや、興味はある。それにお前が不便だというのなら、呼び名があった方が良いだろう」

「ありがとう。それじゃあ、ロイって名前はどうだ？」

『ロイ……？』

この馬の、力強く気高い雰囲気から浮かんだ言葉だ。

個人的にはなかなかいい名前だと思うが、黒馬はその響きを聞いて、考え込むような仕草を見せた。

もしかして、気に入らなかったのだろうか。

『……良い名前な気がする。俺は人間の言葉には疎いが、そうだな……力強い響きを感じる』

どうやら、気に入ってくれたようだ。

「そうか、それなら良かった。改めてよろしく頼むよ、ロイ」

『うむ』

それにしても、不思議な馬だ。

彼は【ログインボーナス】によって得た馬だが、さすがに他の品のように、魔力で生み出された存在というわけではないだろう。

『どうした？　なにか気がかりなことがあるのか？』

「あ、いや、ロイはどういう経緯で俺のところへ来たのかと思ってな。まさか【ログインボーナス】で生まれたわけじゃないよな？」

『当然だ。俺は元々、この雪原の出身だ。色々あって一人でいたところ、俺に力を貸して欲しいという奴が現れてな。そういった事情で協力することにしたわけだ』

「それって一体誰なんだ……？」

最近は見ないが、以前に届けられていた手紙の主だろうか？

それとも俺の頭に流れる音声の主か？

聞いてみても、ロイの答えははっきりしないものだった。

『さてな、俺もよく分からん。だけど、悪い奴ではなさそうだったからな。それに……いや、なんでもない』

なにかを言いかけて、ロイは黙り込んでしまう。

他に事情でもあるのだろうか。

『まあ、俺の話は良い。それよりも、気付いてるか？』

「ん？　ああ、そうだな。なんだか妙な気配がする」

『誰かが俺達を尾けているみたいだな』

俺は周囲を見回してみる。

しかし、気配こそするものの、それらしい影は見当たらない。

『俺のスピードについて来られるなんて、大した奴だが…………ん？　気配が消えた？』

「気付かれたのか？」

『分からない。もしかしたら俺達を追い越してどこかへ消えたのか……とりあえず、警戒はしておいた方が良いだろうな。それと、そろそろ目的地だ』

やがて、ロイがゆっくりとスピードを落としていくと、鉱山と麓の村が見えてきた。

『どうする？　一気に突っ込むか？』

「そうだな……いや、少し探ってみる」

呪いが解除されてから妙に感覚が研《と》ぎ澄まされている気がする。

ステータス画面を眺めて気付いたのだが、どうやら俺は【気配察知】のスキルを習得していたようだ。俺は集中して周囲の気配や音を拾い上げる。

「人数は大したことないな。せいぜい数人程度か。これならすぐに片が付くだろうな」


ロイから降りた俺は気配を完全に断つと、ゆっくりと村の中へと足を踏み入れる。

【気配断ち】――身体から発せられる微かな音や呼気などを、一切隠してしまうスキルだ。

無論、強力な【気配察知】のスキルを持つ相手であれば、一瞬で看破されるが、少なくとも並の山賊ならば問題はないだろう。

しかし、なんだこれは……？

驚いたことに、そこはエイレーンの村など比にならないほどに荒れ果てていた。

もはやほとんどの施設は叩き壊され、辺りには血が飛び散っていた。

しばらく村を歩いていると、唯一無事な姿で残っている屋敷を見つけた。

微かに魔力の揺らぎを感じる。恐らく何らかの結界のようなものが張られているのだろう。とはいえ、俺に反応する様子はない。

中からは数人の人間の気配が漂ってくる。村の外から察知したのは、間違いなくこの中にいる人達だ。

俺は屋根に飛び乗ると、天窓《てんまど》から中への侵入を試みる。

「う、うぅ……クソッ、一体なにが起こってやがるんだ……」

その部屋の中には、毛布にくるまってうずくまる男の姿があった。他の仲間は別の部屋にいるようだ。

こいつは山賊の長か……？　特徴的な赤い布が頭に巻かれている。

出発前に聞いた山賊の特徴と一致する。

「おい……」

俺は気配を一瞬解放すると、うずくまる男に剣を突きつけた。

「ヒ、ヒィッ⁉　なんなんだアンタ……」

山賊は突然現れた俺に驚いたのか、思い切り腰を抜かす。

「質問に答えろ。ここでなにがあった？」

「だ、誰が見ず知らずの人間にそんなことを――」

俺は無言で剣の切っ先を男の首元に押し当てた。

「い、言います。言います。だから命だけは」

山賊は卑屈な態度で命乞《いのちご》いを始める。

俺は一度、剣を引っ込め、無言で山賊に事情を話すように促す。

「そ、それが……ま、魔族が襲ってきたんだよ」

「ゴブリンか？　それともコボルトか？」

「そんなのに俺らがやられるわけねえだろ!!　もっとやべえやつだよ。クソッ……俺達の住処を台なしにしやがって……仲間まで殺《や》りやがって……」

山賊が悪態をつく。

表の血、恐らくあれは山賊の仲間達のものなのだろう。

「……勝手なことを言うな。お前達だって、元々は略奪《りゃくだつ》を働いてこの村を占拠したんだろう？　因《いん》果応報《がおうほう》だ」

彼らに同情する余地など欠片もない。

それよりも問題なのは、この村も魔族の襲撃に曝《さら》されているということだ。

エイレーンを襲った連中もとんでもない数だったのに、多すぎる。

基本的に、魔族が人間の生存圏に姿を現すことはあまりないが、この北の地での出現率は異常だ。

「な、なあ、兄ちゃん。た、助けてくれよ。俺達このままじゃ、ここから抜け出せなくて餓死《がし》しちまう!!」

「断る」

先ほどから、勝手なことばかり言う男だ。

「そ、そんな。困ってる人間を見捨てようなんて、人間じゃねぇ。人でなしー!!」

山賊に言われたら世も末だ。

「別に見殺しにするとは言っていない。魔族は俺がどうにかするし、お前達は然るべきところに引き渡す。それだけだ」

「そんなー……」

それから俺は、この情けない山賊を絞り上げ、詳しい話を聞き出すのだった。

＊

さて、あの山賊の話によると、鉱山本体に魔族が入り浸っているとのことであった。

「人の三倍はあろうかという巨体、屈強な肉体、そして赤い肌……か」

俺はため息をつく。

その特徴を持つ魔族は、一種類しかいない。

「この先に待っているのはトロールの群れにオーガか……」

オーガは魔族の中でも戦闘に特化した種である。

金剛石《こんごうせき》の如き硬さを誇る肉体、まるでドラゴンかと見まごうほどに強大な膂力《りょりょく》、そして熟練の戦士に匹敵する巧みな戦闘技術、それらを持つのがオーガである。

「果たして、俺の腕で倒せるのだろうか」

待ち受けるオーガは一体のようだが、オーガの戦闘力は、以前撃破したトロールの変異種よりもなお、数段上だと言われている。

「この前の感触なら誰にも負ける気はしないが、それでも相手は高位の魔族だ。気を抜くわけにはいかないいな」

決して侮ってはいけない相手だ。俺は拳を固く握りしめて気合を入れると、オーガの待つ鉱山へと歩みを進めた。


「え……？」

しかし、俺の目に飛び込んできたのは、信じられない光景であった。

「全員死んでるのか？」

そこにあったのは無数のトロールの死体であった。

「仲間割れ……ってわけじゃなさそうだが」

トロールの多くは、身体の一部を熱線で穿《うが》たれていた。

それは、神聖魔法に属する攻撃によるものであった。

「まさか……」

トロールを容易く屠《ほふ》るほどの神聖魔法の腕、それを持つ者は一人しかいない。

俺は慌てて奥へと向かう。すると……

「っ……」

そこには魔族に首を掴まれたエルフの少女の姿があった。

「君は……」

まさか、ここでも彼女と遭遇するとは思わなかった。

「ん？　また新しい、獲物が来たのか？」

エルフの少女を掴んでいる魔族……オーガがこちらを一瞥した。

己の実力によほど自信があるらしく、こちらを警戒する様子はない。

「に、逃げ……てください……」

一方、エルフの少女はというと、自分が大変な目に遭っているというのに、こちらに警告するばかりであった。

「なに言ってるんだ。君を放って逃げられるわけないだろう」

「わ、私はいいの……油断してヘマしただけだから……あなたまで巻き込めない……」

俺は思わずため息をつく。

どこまでも他人本位な少女だ。

「呆れたお人好しだな……待ってろ、すぐ助ける」

そう言って、俺は剣の柄へとゆっくり手を伸ばす。

「お願いだから、早く逃げて……人の力じゃオーガは……」

「確かにオーガは強力だが、そんなことは君を見捨てる理由にはならない。それに元々、俺はコレを倒しに来たんだ」

俺はオーガの一挙手一投足を観察しながら、どうやってエルフの少女を助けようかと思案する。

すると、俺達のやりとりを黙って聞いていたオーガが、楽しそうに口を開いた。

「勇《いさ》ましいねえ。ニンゲン如きがそんなチャチな剣で俺を倒せるとでも思ってるのか？」

「ああ。この程度ならなんとかなりそうだ」

「なんだと？」

オーガの声が、怒気をはらむ。

随分と沸点《ふってん》の低い魔族のようだ。

「テメエ、ニンゲンのくせにナメた口を――」

オーガがこちらへ一歩踏み出した刹那、俺は剣をVの字に振るいその両腕を切り落とした。

「は……？」

オーガが間抜けな表情を浮かべる。

どうやら今の一瞬で起こった出来事が、理解出来ていないようだ。

しかし、こいつにかかずらっている暇はない。

俺は困惑するオーガの首をあっさりと刎《は》ねると、宙に放られたエルフの少女を抱きかかえる。

「大丈夫か？」

俺は腕の中の少女にそっと尋ねる。

さっきまでオーガに首を絞められていたのだ。無事ではないはずだ。

「え、え……？　えっと……あ、あの、あのあの……」

エルフの少女は酷く狼狽《ろうばい》している様子だ。

「どうした、どこか怪我でもしたのか？」

「ち、ちがちが……違います!!　えっと、その……」

最初は怪我をしているせいかと思ったのだが、なにやら様子がおかしい。

「あ、あの……お、下ろしてください!!　恥ずかし……いです……」

「あ……」

確かにこの格好は、彼女からすれば気恥ずかしいものだろう。配慮が足りなかった。俺はそっと彼女を地面へと下ろす。

エルフ特有の生命力からか、彼女の身体は思ったよりも無事のようであった。

「こ、こほん。その、あ、ありがとうございます。助かりました」

先ほどまでの様子から一転、彼女は落ち着いた様子で応対する。

しかし、先ほどの取り乱しようを思うと、そのギャップがおかしく見える。

「な、なんですか、その生暖かい目は……？」

「いや、意外と可愛いところもあるんだと思ってな」

「か、かわ……!?　な、なにを言ってるんですか!!」

また少女が狼狽し始める。

堅そうな雰囲気とは裏腹に、ころころと表情が変わってなかなか面白い。

「そ、それにしても、大した腕ですね。まさか、オーガをあんなあっさりと、私は全く歯が立たなかったのに……」

少女が強引に話題を変えた。

「君は……その、どうしてオーガに挑んだんだ？」

てっきり俺を尾行していたものだと思っていたのだが、彼女は先回りしてオーガと対峙していた。

どうしてそんな無茶な真似をしたのか。

「そ、それは……」

彼女が目を伏せる。

なにか嫌な記憶でも思い起こしているのだろうか。

「すまない。言いにくいことだったら別に……」

「仇《かたき》だったんです……」

「仇……？」

飛び出たのはそんな物々しい言葉だった。

「幼い頃、私は両親を亡くしました。今でも、覚えています。私の何倍もあろうかという巨体、オーガに為す術なく殺される両親達、恐怖で心を満たしながら逃げ回ったあの日を……」

「それで、仇を取るために」

「いえ……仇は取りたかったけど、でも、私の力じゃ敵わないって分かってましたから」

「それならどうして……？」

力の差を自覚していたのなら、なおのこと非合理的だ。

それともまさか、俺に仇を奪われることを危惧して先走ったとでも言うのだろうか。

「……あなたが、殺されるかもって思ったんです」

「え……？」

しかし、彼女から出たのは意外な言葉であった。

「村であなたが鉱山に行くって話を聞いて、もしかしたらオーガと遭遇するかもって……あなたは強いけど、でもオーガは人の手に余る存在だから……」

「は、はは、なんだそれ……それで、あんな目に遭ってたのか」

「い、言わないでください。自分でも馬鹿なことをしたと思っています。でも、急なことでどうしたらいいか分からなくて」

まったく、そこまで言われてしまうと、もうなにも言えない。

なにせ彼女は、完全な善意で俺を守ろうとしていたのだ。

自分の命の危険も顧《かえり》みずに。

「そうか。そうだったんだな。君はそういう子だったんだ」

決して姿を見せず、こっそりと村の問題を解決して去っていく。一体何のためにそんなことをしていたのか、真意を測りかねていたが、答えは単純なことだった。

彼女は困っている人を放っておけないだけなのだ。

「でも、どうして……どうしてあの村を気にかけるんだ？」

彼女がお人好しな性格なのは分かった。しかし、エイレーンの村に拘る理由はなにかあるのだろうか。

「それは……当たり前じゃないですか。あの村は私の……その、お父様が育った村だから」

「お父さんが、村の……そうだったのか」

先ほどの彼女の話によると、幼い頃に両親を亡くしたそうだ。

それならば、彼女の父が育った村へと想いを馳《は》せ、望郷の念を抱くことはおかしなことではない。

だったら……

「……村に来ないか？」

俺は彼女を見て、思わずそんな提案を口にした。

「え……？」

「君はあの村をずっと気にかけてたんだろう？　なら村に来ればいい」

「……無理です。そんな簡単なことじゃないですから。あなたにも分かるでしょう？」

「…………」

彼女は人間とエルフの血を引いているようだ。

亜人《あじん》と人間の混血は極めて珍しい。

なぜなら人からすれば、エルフもまた異形《いぎょう》だからだ。

信心深い者の中には、彼女達の長い耳に、聖典《せいてん》に記された悪魔の姿を見出し、恐怖を抱き攻撃的になる者だっている。

もちろん、あの村の人達が亜人をどう思っているのかは分からないが、少なくとも彼女がためらう理由としては十分だ。

「私は人の社会では生きられないのです。魔法で姿を誤魔化すことは出来ますけど、いつバレるかと怯えて暮らすなんて出来ません。だから、私は……」

「それなら、俺に君を守らせて欲しい」

「え……？」

「俺は君に助けられた。今だって君は俺を助けようとしてくれた。そんな君だから力になりたいんだ」

「な、なにを言って……」

俺はそっと彼女に手を差し伸べる。

「誰かが君を誤解して敵意を向けるなら、俺が君を守る。君が孤独を感じているなら俺が居場所を作る。だから、俺の仲間になってくれないか？」

「仲間……？」

「本当のことを言うと、俺は仲間だと思っていた人に裏切られたんだ。お前は使えない、用済みだってね。だけど君なら、他人のために全力になれる君なら信じられる。だから、君の力になりたいし、君と一緒にいたいんだ」

「い、一緒に……!?　そ、それって……」

少しクサすぎだろうか？

だが、これが俺の偽《いつわ》らざる本音だ。

「どうだろうか？　君の答えを聞かせて欲しい」

「え、あ、それは……その、えっと……」

彼女は言葉に詰まり、しどろもどろになる。

「そ、その……はい。よろしく、お願いします……」

しかし、彼女は俺の提案を受け入れてくれた。

「ありがとう。こちらこそよろしく頼むよ。俺はブライ、ブライ・ユースティア。君の名前は？」

「ラピス、ラピス・ネーレウスです」

こうして、俺はまた一人、心強い仲間を迎えたのであった。

＊

「それで、ブライ。また、女の子を拾ってきたの？」

城の工房に戻ると、なにかの作業をしているレオナの横で、エストがなんだか冷ややかな視線を向けてきた。

「そんな猫みたいに言うなよ」

「その、私が言うのもなんだけど、三人も女の子を家に連れ込むなんて、節操《せっそう》がないような……」

レオナもまた、少し呆れたような表情を浮かべていた。

「それは人聞きが悪すぎるぞ……」

待ってくれ。

どうしてだ、どうして俺が責められる流れなんだ？

「えっと、あの、すみません。私、迷惑でしょうか？」

ただでさえ腰の低いラピスが、更に恐縮してしまっていた。

「まさか、そんなことないよ!!　前に会ってから、ずっとお話ししたかったんだ。私はエスト」

「レオナよ。色々あってここでお世話になってるの。あなたと同じね」

エスト達は別にラピスの受け入れに反対なわけじゃないようだ。

え？　じゃあ、なんで俺は責められてたの？

俺が疑問の目を向けると、エストはまるで俺の心を読んだかのようにさらりと言った。

「立て続けに三人だからね。放っておいたら百人に増えるかもしれないし、釘を刺しておこうかななんて」

「俺をなんだと思ってるんだ……」

俺だって無節操に仲間を増やしているわけじゃないし、女の子ばかりなのは偶然だ。

それにアグウェルカやロイは、性別としては男だ。生物学上の話だが……

「と、とにかく彼女は両親を亡くして、行き場がないんだ。部屋は余ってるし、別にいいよな？」

しかしなんだろう、エストが変なことを言ったせいで、本当に拾い猫を飼って良いかとお伺いを立てているような気分になってきた。

「ごめんなさい。家なし子で……」

恐縮しすぎてラピスまで変な調子になっていた。

「ううん、気にしないで。部屋が空いてるのは本当だし、いくらでもいていいよ。そもそも私の家じゃないし。でしょ、ブライ？」

「ん？　言われてみれば確かに……」

よくよく考えれば、エストにわざわざお伺いを立てる必要などなかった。俺がここの家主《やぬし》なのだ。

しかし、先ほどのエストにはそうさせるだけの迫力があったな……

「それじゃ早速部屋を決めに行こうか。ラピスちゃん」

そう言ってエストは、ラピスを連れて工房を出ていく。

あとには、俺とレオナが残されるのであった。

「ねえ、ブライ。鉱石の方はどうだった？」

レオナが尋ねてきたのは、鉱山で入手したマナタイトのことだ。

あの鉱山では、マナタイトが多く採掘され、それなりの量を手に入れることが出来た。

「ある程度は持ち帰れた。少なくともランタンを量産出来るだけの量はあるはずだ。あとでここに運んでおくよ」

「ありがとう。これで、この村の暖房問題も解決ね」

「いつまでに用意出来そうだ？」

「今夜には間に合うわ。外側のランタンの方はもう出来てるし」

「早いな。本当に助かるよ」

思わず感嘆の声を漏らす。

肝心要《かなめ》のマナタイトが用いられるのはランタンの動力源の部分なので、確かにこうして外側の部分を予め《あらかじ》作っておくことは合理的だが、それにしても早い。

「べ、別に私一人で作ったわけじゃないし、村の職人にも手伝ってもらったから」

「それでも助かったのは事実だ。これからもよろしく頼むよ」

これで暖房の問題は解決した。

住居はさっき倒したオーガとトロールから得られたマナで、問題なく必要分を建築出来るはずだ。

食料の供給についても、アグウェルカの仲間達が狩りを手伝ってくれているお陰で、なんとかなっている。

「そうなると、あとは防衛か」

当然こちらも忘れてはいけない。

「そうね。以前に比べて、魔族の襲撃が多すぎるもの。対応策を練らないと」

連日押し寄せてくる魔族の攻勢、そのせいで村の人達もかなり疲弊している。レオナの言う通り、魔族の侵攻を抑える策が必要だ。

「そうだ、ブライ。魔族への対応のことなんだけど、セインさんが、村に冒険者が来るって言ってたよ」

いつの間にかエスト達が戻ってきていた。

「エスト、ラピスの部屋はもう決まったのか？」

「ええ。その、私には贅沢すぎる部屋で、恐縮ですけど……」

「もう、さっきも言ったけど部屋は余ってるんだから、遠慮しなくていいの」

ラピスはなにかにつけて恐縮しきりで、遠慮のないエストとは対照的だ。案外、良い組み合わせかもしれない。

「部屋に関しては気にしなくていい。家が完成すれば、今住んでる村人達も村に戻って、今より空きが増えるしな」

「そ、そういうことでしたら。ありがとうございます」

さて、これでラピスの住まいも落ち着いた。そうなると、エストがちらりと話していた件だな。

「エスト、冒険者ってのはセインさんが雇ったのか？」

「うーん、どうなんだろう。詳しくは聞いてないけど」

「それなら本人に聞いてみるか」


エストとラピスと共に村に出て、セインさんを探していると、外から数匹の狼を連れて戻ってくる彼の姿を見付けた。

「セインさん、狩りに出てたのか？」

「うん。魔族に荒らされて減った蓄えを補充しないとね。彼らも快く手伝ってくれたし、ブライくんにこれを貸してもらって助かったよ」

そう言ってセインさんは耳飾りを指差した。

アグウェルカ達と意思疎通してもらうために貸していたのだが、有効に使ってくれているようだ。

「それで、ブライくんはどうしたんだい？」

「ああ。話に聞いたんだが、冒険者を雇ったとか」

「その話かい？　そうそう、実は王都から凄腕の冒険者が加勢に来てくれることになったんだ」

「凄腕の冒険者……？」

王都からの冒険者、その単語を聞いて嫌な予感がする。

無論、彼らが来ると決まったわけではないのだが、ただ先日の仕打ちを思い出して、少しだけ嫌な気がした。

「てっきり騎士団が出動してくるものだと思ってたんだけど、どうやら国が冒険者を雇ってくれたみたいなんだ。何て名前だっけな。かなり有名なギルドらしいけど」

「…………」

「ブライ、どうしたの？」

俺が黙り込んでいると、隣のエストが心配そうに顔を覗き込んできた。

「もしかして、前のギルドのことを思い出した？」

彼女には俺の事情を全て話してある。

そのせいか、俺の変調にすぐ気付いたようだ。

「ブライ、前のギルドとは何のことですか？」

「ああ……前に色々あってな……」

ラピスの問いかけに、俺は言葉を濁してしまう。

別に隠すつもりもないが、外で話すのはどうにもためらわれた。

「色々……それは私には話せないことなのでしょうか……」

ラピスが残念そうに呟いた。

「すまない、隠すつもりじゃなくて、ただいきなりだと話しづらいというか……」

「おやおや、まさかこんなところで君と出会うとはね」

その時、最も聞きたくなかった声が響いた。

「クハハ。ブライじゃねえか、まさか、お前とこんなところで会えるなんてな」

「なにもないところね。こんな田舎に逃げてたなんて、何て惨めなのかしら」

嫌な予感とは当たるものだ。

こんな偶然、あるのだろうか。

王都からの加勢、それはつい先日まで所属していたギルド【月夜の猫】の面々であった。

「ライト、ガルシア……セラまで……」

「おや、もしかして君達知り合いだったのかい？」

事情を知らないセインさんは明るい調子だ。

「まあ知り合いといえばそうだな……」

俺はつい歯切れを悪くしてしまう。

なんとも微妙な展開になってしまったものだ。

ライトはイヤミたっぷりにセインさんに答える。

「あなたがセインさんですね。その人はかつて、うちのギルドに所属していた者でしてね。ただ、あまりにも役に立たなくなったので、解雇させてもらったのですよ」

「解雇……？　ブライくんを？」

セインさんがこちらを見る。

今更、ギルドにはなんの未練もない。今の俺には新しい居場所があるからだ。

しかし、こうして人前でぺらぺらとその過去を話されるのは、気分の良いことではなかった。

「ライト、そんなことをむやみに話す必要はないだろう」

「……ブライ、なにを僕に指図しているんだい？」

ライトを窘《たしな》めようとしたが、それが気に食わなかったのか、底冷えするほどに冷たい眼光が俺に向けられた。

「……まあ、彼のことは良いでしょう。なんでこんな所にいるのかは分かりませんが、どうせこの先の戦いでは役に立たないのですから」

「え、いや……ですけど……」

ライトは、困惑するセインさんの腕を引く。

「セインさん、まずは今後の打ち合わせをしましょう。魔族の侵攻が続いていると聞きます。一刻も早く対策を練らなければ」

「え、ええ……」

そう言って、ライトはセインさんを連れてどこかへ消えていくのであった。

「………やれやれ」

本当に面倒なことになってしまった。

まさか、王都から来た冒険者が本当に【月夜の猫】だとは。

「まあ、あれだ、ブライよ。ライトのことは気にするな。この任務が終わればすぐの別れだからな」

ガルシアはどうやら俺を気遣ってくれているようだ。

まあ確かにガルシアは、あまり俺に敵意を向けてくることはなかった。そこまで事態を深刻に捉えないのは、彼の良いところなのか、脳天気と言うべきところなのか。

「おやおや、ガルシアくん。彼は？」

その時、ガルシアにも並ぶ巨漢《きょかん》が現れた。

「おう、エド。遅かったじゃねえか」

「いやいや、すまない。レヴェナントくんが、すっかりバテてしまってね。仕方がないから私が運んできたんだ」

エドと呼ばれた巨漢が、肩に抱えていた細身《ほそみ》の男性を地面に下ろした。

「ハァ……ハァ……ま、まったく、雪道を徒歩で渡る……なんて、とんだ脳筋《のうきん》……達ですね……ゼェ……ハァ……ゴホォッ……」

彼の名はレヴェナント。

この前はいなかったが、彼もパーティメンバーの一員で、ギルド随一《ずいいち》の魔道士だ。

レヴェナントは肩で息をすると、盛大に吐血《とけつ》する。別に大病を患《わずら》っているわけではなく、極端に虚弱体質なだけだそうだ。

「仕方ねえだろ。途中で馬が襲われて逃げちまったんだから。つーか、もっと鍛えろよ。ほらこいつで血を拭け」

ガルシアが手荷物から布を取り出すと、レヴェナントの口元を拭いていく。

意外とこういうところは面倒見が良い。

「臭い……ガルシア臭がする……」

「るせえな!! 我慢しろ!!」

レヴェナントの血を拭き終えると、ガルシアは再びレヴェナントをエドに預ける。

「んじゃ、こいつを宿まで連れてってくれや。休ませねえと使い物にならねえ」

「ああ、任せたまえ」

ガルシアの数倍、暑苦しそうな雰囲気の男エドは、再びレヴェナントを抱きかかえると、村の宿へと消えていく。

「おう、そういえばお前は知らなかったな。あいつは新人だよ。気になるか?」

俺の後任というわけか。

気にならないと言えば、嘘になるが。

「ブライ、もしかして彼らは?」

ラピスがそっと俺に尋ねてくる。

「……ああ、俺の元仲間だ。まあ、戦力外ってことでクビにされたがな」

「クビ……？　ブライを？」

ラピスが不思議そうに首を傾げる。

「とりあえず紹介しとくか。あいつはエド、見た目通りガード担当だ。だが、ただの戦士じゃねえ。魔法の腕も一流でな。支援も中距離もバッチリのオールラウンダーってわけだ」

見た目からはあまり想像出来ないが、確かに凄まじい魔力を感じる。

「そう。全体的に能力の低い、器用貧乏なあなたの上位互換ってやつよ」

この場に残っていたセラも口を挟んできた。

「上位互換……ね」

不思議と、その響きにショックを感じない。

ギルドを追われてあんな惨めな思いをして、ライト達はあっさりと後任を見付けた。

しかし、俺だって仲間と出会い、ようやくこれまでの修業の成果が現れてきたところだ。

今更、昔の仲間にどう言われてもなんとも思わない。

「なに、あんた。話聞いてるの？」

「聞いてるよ。いい仲間が見付かって良かったじゃないか？」

それは本心から出た言葉であった。

「ちっ……つまらない人……そういうところが嫌いなのよ」

セラは捨て台詞を吐くと、そのまま宿へと消えていった。

「なんだ、あいつ。あんなにイライラして」

ガルシアが不思議そうに呟いた。俺とセラのことはこいつも知っているはずだが、本当に分からない様子だった。

「それにしても、なんだかお前変わったな。ギルドにいた頃よりも楽しそうに見えるぞ」

「本当か……？」

確かに、今の日々は充実しているように思うが、傍《はた》から見ても分かるほどなのだろうか？

「そう見えるのなら、エスト達のお陰だな」

エストにラピス、ここにいないレオナ、それにセインさん達も、こんな俺を温かく受け入れてくれる。

だからこそ、ライトやセラのイヤミが全く届かなかったのだろう。

「まったく、羨ましいぜ。俺らと別れたと思ったらいつの間にか、こんなカワイコちゃんといるんだもんな。俺はモテないからなぁ……」

「羨ましいって、お前なぁ……」

「まあ、いいか……それじゃ、俺はもう行くぜ。難しい話は分からねえけど、ライト達が万全に戦えるように色々準備しないといけねえしな」

そう言って、ガルシアは去っていった。

「ブライ、どう？　少し休む？」

エストが俺を気遣ってそう提案する。

どうやら、昔の仲間に会ったことで、エストに余計な心配をかけてしまったようだ。

「大丈夫だよ。それよりもありがとうな、エスト、ラピス」

「な、なに、どうしたの？」

「ええ、急になんですか？」

「ただ、そう言いたかっただけだよ」

俺は新たに得た、かけがえのない仲間に、惜しみない礼を送るのであった。

第五章

「魔導具の機構を組み合わせた新しい防壁？」

「ああ、そんなものが用意出来ないかと思ってな」

【ログインボーナス】で住居を増やし、そこそこ住民の住環境が改善した後、俺はセインさんに新しい提案をした。

「レオナさんと石大工のラオじいさんが力を合わせれば、そういうものも作れなくはないけど、ブライくんのスキルじゃそういうものは出せないのかい？」

「俺のスキルで増やそうにも、まず現物がないと難しいんだ」

そう、俺のスキルは万能というわけじゃない。確かにマナを用いて手軽に建築物を増やせるが、未知の技術の再現までは難しいし、魔導具の量産だとコストが掛かりすぎる。

むしろ、その道に通ずる職人がいて、初めて俺のスキルは生かされるのだ。

「分かった。ラオじいさんには僕から言っておくよ。それと……」

村の防衛に向けた新たな方針がまとまると、セインさんがなにか言いたげな様子を見せた。

「どうしたんだ、セインさん？」

「ああ……その……最近、村にやってきたあの子の様子はどうかなと思って」

セインさんがためらいがちに尋ねてきた。

「あの子……ラピスのことか」

「ラピス……良い名前だね」

その名前を聞いたセインさんが、どこか慈《いつく》しむような視線で遠くを見やった。

「なんだ、惚れたのか？」

「違うよ。母が好きだった宝石の名前だから、偶然だなと思ってね」

「マザコンか……」

「おい」

しかし、なんだろう。

ラピスのことを尋ねるセインさんの様子に妙なものを感じる。一見、遠慮がちだが、それでいて気にしているような様子だ。

「その、ラピスの姓を聞いても良いかい？」

「姓？　確かネーレウスといったか」

「ネーレウス、そうか、彼女が……」

どうやらセインさんにはなにか心当たりがあるようだ。

「そういえば、父親はこの村の出身だと言っていたな。もしかして知り合いだったりするのか？」

「そうだね。僕のフルネームがセイン・ネーレウスだって言ったら分かるかな？　歳の離れた兄がいてね。二十年近く前に村を出て行ったんだけど」

「まさか、その兄が？」

「恐らくはね。ずっと音沙汰《おとさた》がなかったけど、あんなになる娘がいたなんてね。だけど、そうか。兄ちゃんは死んじゃったのか……」

セインさんが目を伏せる。

仲の良い兄弟だったのだろうか。

口ぶりこそ軽いものだが、付き合いの長くない俺にもセインさんの悲しみが伝わってきた。

「そうなると、礼を言わないとね。ありがとう、行き場のない姪《めい》を受け入れてくれて。僕は……少し気まずいけど、互いに気持ちの整理がついたら、改めて挨拶に向かうことにするよ」

「ああ、そうしてやると良い」

しかし、随分と複雑な縁もあったものだ。

だが、彼女にとっては数少ない肉親だ。

そういった存在がまだいてくれるとは僥倖《ぎょうこう》と言えるだろう。

「あ、そうだ」

ふと、なにかを思い出したようにセインさんが口を開いた。

「いくら一緒に住んでるからって、彼女に手を出したら、殺すよ？」

「叔父馬鹿め……」

セインさんが突然物騒《ぶっそう》なことを言い出す。

そのあまりに鋭い殺気に、思わず背筋が凍ってしまった。


「ねえブライ、一つ聞きたいのですが」

翌朝、村の復興をどう進めようかと考えていると、ラピスが話しかけてきた。

「なんだ？」

「その【ログインボーナス】というスキル、私にも使えないのでしょうか？」

「どういうことだ？」

「いえ、あなたが【ログインボーナス】を発動させる時に投影する映像、あれに私が触れれば同じようなことが出来るのではないかと思いまして」

確か家を建てようとした時には、エストが俺の投影した映像に触れて家をくるくる回すなどしていた。

「うーん、さすがに俺と同じように建築を実行したり、アイテムを生み出したりは出来ないと思うぞ」

エストはレイアウトを変更することは出来たが、さすがにそこ止まりだろう。

「そう、ですか……」

なんだか、気落ちしているようだ。

ラピスの様子を見るに、この【ログインボーナス】に興味があるようだ。

「もしかして……やってみたいのか？」

「ん⁉　ま、まさか、そんなわけありません。ちょっとだけ興味があるだけです」

「つまり、やってみたいということなのでは」

「違います」

明らかに興味津々なのだが、口の方は随分と強情だ。

「そうか、俺の勘違いだったみたいだ。折角だからラピスも建築出来ないか試してみようと思ったんだがな」

恐らくラピスは、本音を露わにするのを恥ずかしく感じる性格なのだろう。

ならば無理に押しても、余計意固地になるだけだ。

俺はここであえて引いてみる。

「あ……べ、別に試すぐらいならしても良いのではありませんか……」

案《あん》の定《じょう》、ラピスは口惜《くちお》しそうな表情でそう言った。

「それなら、試してみるか？」

「はい‼」

ラピスの気持ちの良い返事と共に、俺達は【ログインボーナス】を検証してみることとする。

「さてと、このスキルを他人が使えるのかってことだが」

早速、俺は【ログインボーナス】を発動させて尋ねてみる。

——可能です。通常はブライ様のご命令のみ受け付けますが、例外的に、ブライ様から管理権を付与された方であれば、【ログインボーナス】の機能の一部をご利用頂くことが出来ます。

「本当に出来るのか……随分と便利だな」

ユニークスキルは多々あれど、この【ログインボーナス】は特に異質だ。

そもそもスキルとは本来、身につけた技術の延長にあるものだ。剣の道を極めれば【剣術】というスキルに昇華《しょうか》して、剣による攻撃に補正が得られる。

このように、それぞれのスキル習得には基となる〝努力〟が求められるのだ。

だから、他人に剣のコツは教えられても、スキル【剣術】をそのまま譲渡《じょうと》することは出来ない。

だが【ログインボーナス】には、その原則が通用しないどころか、他人との共有すら可能なようだ。

本当に便利で不思議な能力だ。

「とりあえず、ラピスに管理権とやらを付与してみるか。どうすればいいんだ？」

――ご命令頂ければ、こちらでそのように処理いたします。

「じゃあ許可する」

――付与されるのはアーキテクトシステムに関する権限でよろしいでしょうか。

「確か建築に関する機能の名前だったか。ああ、それでいい」

――受諾いたしました。レイアウト変更の機能の他に、アーキテクトシステムの起動権限及び、建築の実行権限をラピス・ネーレウス様に付与いたします。

直後、俺の体内から蒼い光の粒子が飛び出した。

その粒子はゆっくりと宙を漂うと、ラピスの身体に取り込まれていく。

――全プロセスを完了いたしました。ラピス様、ご命令を。

「えーっと……これで私にも使えるようになるのですか？」

「分からん。試しにステータス画面でも開いてみたらどうだ」

「わ、分かりました」

ラピスが宙にステータス画面を投影する。

とはいえ、俺からは内容が分からないので、しばらく彼女の反応を待ってみる。

「【ログインボーナス：アーキテクト】……見慣れないスキルがあります」

「本当か？」

俺は彼女の隣に座ると、そっと肩に触れてステータス画面を覗き込んでみる。

「ひゃっ、ブ、ブライ、突然なにを？」

「仕方ないだろう。こうして相手に触れてないとステータス画面が見られないんだ」

「だ、だからってこんな……」

ラピスが身体を強張らせる。

やはり少し距離が近すぎたのだろうか。とはいえ一瞬、確認するだけだ。許して欲しい。

「おっと、確かにスキル欄の所にあるな」

「で、ですから、そう言っているでしょう……」

「スキルが共有出来るなんて正直、疑っていたが、どうやら本当だったみたいだな」

――お待ちください。今の発言は聞き捨てなりません。まさか、私が嘘をついていると思ってい

たのですか？

「え……？」

まさか、【ログインボーナス】が今、抗議《こうぎ》したのか？

――はい。私は【ログインボーナス】を統括する高位の魔導知性です。現代の誰にも再現出来ない高度な魔導技術の産物であり、嘘をついたり不確かな情報を流したりするようなことは誓ってしません。ですので、ブライ様にもどうか私を信じて頂きたいです。それと謝って。

「そ、そうか……それは、悪かった。そうだな。お前は誰よりもこのスキルに詳しいはずだもんな」

――その通りです。分かればよろしい。

なんで、俺は自分のスキルに怒られているのだろうか。

この前も思ったが、このスキルはたまに人間らしい反応を見せる。そういったところも含めて、このスキルは本当に規格外だ。

「しかし、少し気になることを言っていたな。高度な魔導技術の産物って言ってたが、もしかしてこの【ログインボーナス】は、人工的に誰かに生み出されたものだったりするのか？」

――私の権限では詳細を申し上げることは出来ません。

「ええ……」

誰よりも詳しいのなら、もっと情報を開示して欲しいのだが。

なんとも融通の利かない魔導知性だ。

「まあ、仕方ないか。それでラピス、【ログインボーナス】でなにをするつもりなんだ？」

「え⁉」

「なんだ、そのきょとんとした顔は」

「すみません、特になにかプランがあったわけではなく……ブライが物を生み出す姿が楽しそうだったので」

「純粋にこのスキルで遊んでみたかっただけかよ」

思わず突っ込んでしまった。

それにしても見た目はこんなに美人なのに、随分と子供っぽいハーフエルフだ。

他人との交流の機会も持たないままに過ごしてきたのだから、そうなるのも仕方ないのだろうか？

「すみません。なにか失望させてしまったようですね」

「いや、失望まではしてないが」

どちらかというと驚きの方が大きい。

薄々感じていたが、ラピスは見た目と中身にそこそこギャップがある。

「ともかく案がないなら考えてみるか。あのトロール……いや、オーガみたいな上位の個体を想定して、防衛になにが必要なのかをな」

「分かりました、ブライ」

そうして俺達は、村の防衛案を練り始めるのであった。

「二人で仲良く座ってて、なんだか楽しそうだね」

いつの間にか、エストが戻っていた。

確か、朝早くどこかに出ていたはずだが、もう戻ってきたのか。

「うーん、でも二人してそんなにくっ付いて、一体なにをしているのかな？」

「え……あ、ち、違います。私は決してそんなつもりでは……」

「そ、そうだぞ、エスト。これは、ステータス画面を覗いていただけで、別になにかあったわけじゃ……」

俺とラピスがわたわたと説明する。

なんだか見られてはいけない場面を見られたような気分だ。

「え？　どうして二人とも慌ててるの？　二人とももうそんなに仲良くなって。お姉さん、羨ましいよ」

「誰がお姉さんだ。というか怒ってるわけじゃないよな？」

「なんで？」

「いや、こういう状況の時は、修羅場《しゅらば》に発展するのが定石《じょうせき》だと思って」

「？　なに言ってるの、ブライ。変な本の読みすぎじゃない？」

どうやら俺の早合点だったようだ。

「それで、本当になにしてたの？」

「ああ、それは……」

俺は先ほど試した【ログインボーナス】の管理権について説明する。

「へぇ、面白そう。私も出来るのかな？」

「多分な。試してみるか」

俺は先ほどと同じように【ログインボーナス】の管理権をエストに付与する。

「ふむふむ、ここに表示されてるマナを消費して建物を建てる感じかな。えーっと、25000マナもあるんだ」

「25000？　そんなに溜まってたのか」

オーガとトロールの撃破があったとはいえ、そこまで行くとは予想外だ。

「ねえ、一体どうすればいいの？」

「そうだな。これだけあるなら足りない家を一気に建造するとしよう」

現状、足りていないのは四世帯分の家だ。

一世帯2500マナの消費量として、それらを作りきっても残り15000マナの計算だ。

「私やってみてもいい？」

「ず、ずるいです。私もやってみたいです」

二人とも【ログインボーナス】を試してみたくてウズウズしているようだ。

「四世帯分あるからな。仲良く分け合えよ」

まあ、二人に任せれば変なところに置く心配はないだろう。

こうして俺達は、破壊された家の再建に成功するのであった。

＊

再建を終え、俺は新たな復興策を実行に移すことにした。

「さて、今からこの村の命運をかけて、レアな魔導具を引き当てていこうと思う」

「おー」

「一体なにをする気なのですか？」

「そうだな……」

俺は【ログインボーナス】を発動させると、一日あたりのマナ抽出量を尋ねる。

――現状の抽出量は一日あたり３０００となっております。

「３０００？　また、随分と増えたな」

――村の住環境が十全に整ったこと、そしてマナタイトを大量に保有する鉱山に影響力を伸ばしたことで、マナ抽出の効率が大幅に改善しました。

「ね、ねえ、この声は？」

「そうか、権限を付与したことでエスト達にも聞こえるようになったのか。それなら話は早い。現状【ログインボーナス】に使えるマナの量がかなり安定してきた。そのため、更に村を発展させるために【ログインボーナス】の【開発】を積極的に行おうと思う」

選ばれるものはランダムだが《温風のかがり火》のように便利な魔導具が選ばれる可能性もある。

折角マナに余裕が出てきたので、試してみる価値はあるだろう。

——ちなみに消費マナの上限は、1回あたり1000となっております。

「たくさん投入すれば、より良いものが得られるのか？」

——保証は出来ませんが、消費マナの上昇によって、得られるアイテムの質の上限が上がります。

「ということは、ハズレを引く可能性も残っているわけか……」

とはいえ、物は試しだ。

俺は2000マナを投入して【開発】を二回実行する。

名前：疾風のケープ
カテゴリー：防具
ランク：C
効果：装備した者の敏捷性・回避率を一段階上昇させる。

名前：守護のマント
カテゴリー：防具
ランク：C
効果：装備した者の魔力を消費することで、中強度の魔力障壁《しょうへき》を展開することが出来る。

「へぇ、便利そうだね」

エストが出現したアイテムを覗き込む。

「そうだな。どれも、それなりに強力な効果を持ってそうだ。戦闘では役に立つことも多いだろうな」

俺はケープをエストに、マントをラピスに差し出した。

「これは、二人が身につけるといい」

「……いいの？」

「ああ。ケープの方は黒を基調としたデザインがなかなか可愛らしいし、エストによく似合うと思う。こっちの白いマントなんかはラピスの綺麗な髪に映えるはずだ」

「嬉しい!!　一生大切にするね!!」

エストは贈り物を大変気に入ってくれたようで、とびきりの笑みを浮かべた。

「そんな大層なものじゃないと思うんだが、まあ喜んでくれて嬉しいよ」

しかし、一方のラピスはというと……

「き、きき、き、綺麗だなんて……ブ、ブライは、ななな、なにを言っているのですか⁉」

顔を真っ赤にして混乱していた。

相変わらずストレートな言葉には弱いようだ。

「本心で言ってるんだよ。エストもそう思うだろ？」

「もちろん。ラピスちゃんならきっとよく似合うよ」

「そ、そうですか。で、では、せっかくのご厚意ですし……」

ラピスは照れながらマントを受け取ると、身につけた。

「ど、どうでしょう？」

照れたような仕草でラピスがこちらに見せてくる。

エストの言う通り、本当によく似合っている。

「うんうん、かわいいよ」

「ああ。いい感じだ」

しかし、一回目からなかなか良い品が出てきたのではないだろうか。

これはこの後のアイテムも期待出来そうだ。

「よし、もう一ついくぞ」

続けて1000マナを投入する。結果は……

名前：ムシナオール
カテゴリー：薬
ランク：E
効果：虫刺されが治る。

「は……？」

なんだかふざけたものが生成されたのだが……

「えーっと……『塗るだけで一瞬。どんな虫刺されも完治』と書かれていますね」

ラピスが効果を読み上げ、エストが渋い顔をする。

「ハズレ……だね」

「ま、まあ、こういうこともある。必ずしも良いものばかりとは限らないらしいしな」

名前：カタコリナオール
カテゴリー：魔導具
ランク：E
効果：凝った部分に押し当てて振動させせると、凝りがほぐれる。

「おい！！！！」

またもやハズレだ。

風向きが悪くなってきた。

「ブライ、幸運のステータス低いんじゃないの？」

「う、うるさい。今回はうまくいかなかっただけだ‼　見てろよ」

エストの辛辣《しんらつ》なツッコミに、ついムキになる。しかし結果は……

カタコリナオール。

「ちくしょう!!」

またもやハズレだ。

「……ねえ、私やってみてもいい？」

「え？」

「多分この【開発】も権限？を付与出来るんじゃない」

確かに出来なくはないはずだ。

「それなら私も……」

例によってラピスも興味を示している。

悪い流れを変えるという意味でも、二人に任せてみるのはありだ。

「よしやってみよう」

俺は試しに二人に【開発】を任せることにした。

まずは、エストの挑戦。

名前：暖かい毛布
カテゴリー：雑貨
ランク：E

効果：良質な羊毛《ようもう》で作られた毛布。

「寒いこの村なら重宝はするけどな……」

「とっても暖かいよ、ブライ……」

「ハズレだな」

とろけた表情を浮かべるエストを尻目に、俺はラピスの方へと視線をやる。


続いては、ラピスの挑戦。

名前：クマのぬいぐるみ
カテゴリー：雑貨
ランク：E
効果：抱いた者に安らぎの効果を与える。

「魔導具っぽい説明を添えるんじゃないよ」

俺は思わずツッコんでしまった。

「で、でも、とても可愛いです……」

ラピスは結構気に入ったのか、抱きしめて離さない。

「クールな美少女が抱きしめる姿はありだと思うよ!!」

「そういうことじゃないんだよな」

さて、既にマナは残り８０００。

しかし、風向きは依然、悪いままだった。

女性陣も首を傾げている。

「おかしいなあ。私、幸運A+あるんだけど」

「私はBです」

――ちなみに、幸運値が高くても【開発】の結果に影響はしません。

「先に言えよ!!」

さてはこいつ面白がって黙ってたんじゃないか。

――そんなことは……ありません。言いがかりです。

「勝手に頭の中を読むな。次だ」

その後も【開発】を続けた。

ムシナオール、カタコリナオール、アタマヒエール、カタコリナオール、カタコリナオール、良質なブラシ、高級な首輪。

「もう駄目だ……俺のマナが……」

残り１０００マナ。

最後にロイとアグウェルカにぴったりな物が出たぐらいで、ハズレばかりじゃないか。

「肩凝りが取れてく……気持ちいい……」

「はぁ〜〜〜〜〜」

一方のエストとラピスは、カタコリナオールとぬいぐるみに夢中のようだ。

こっちの気も知らないで……

「こんなことならもっと別のことに使えば良かった……」

俺はがっくりとうなだれる。

無駄にマナを消費してしまった。

「えっと……あなた達、なにをしているの？」

散々な結果を出してショックを受けていると、レオナが広間にやってきた。

俺はこれまでの経緯を説明する。

「そう。どれもこれも魔導研究所の新製品ね。街に行けば手軽に買えるから、確かにハズレばかりかも」

「まさか、こんなにハズレばかり引くとは思わなかったんだよ。でも大丈夫だ。次こそは当たる!!当たらなければ、明日も明後日も当たるまで引き続ければいい」

「まるで、ギャンブルね……」

レオナが呆れたようにため息をついた。

「そうだー、レオナがー、やってみればいいんじゃなーい」

カタコリナオールとやらで、とろけた顔をしているエストがそう提案した。

「うーん、別に構わないけど」

「そうだな。今度こそ流れを変えよう」

最後の1000マナ。

それはレオナの運に託された。

彼女が【開発】を実行すると、蒼白い光が宙に浮かび、球体のようなものを形作る。

生成されたのは、俺の腰元に届く大きさの黒い球体と、それが置かれた台座であった。

「なんだろうこれ？」

エスト達が不思議そうに黒い物体を眺める。

「……ここは俺の【鑑定眼】の出番だな」

「でも、ブライの【鑑定眼】ってDだよね？」

「ちっちっち、甘いなエスト。既に俺の【鑑定眼】はCにランクアップしている」

「おー」

ラピスが感心したように、パチパチと小さく拍手していた。

人をいい気分にさせるのがうまい奴め。

「というわけで【鑑定眼】発動」

俺はじっと目を凝らして、黒い球体を眺める。

「ほう……これはこれは……」

名前：黒いなにか
カテゴリー：魔導具？
ランク：B以上？
効果：不明

「Bランク以上だってことは分かった」

「ほとんどなにも分かってないってことね」

くっ……自分の鑑定スキルの低さが恨めしい。

もしかしたら、村の復興に役立つアイテムかもしれないというのに、その使い方も効果も分からないのだ。

「それなら私が解析してみても良いかしら？」

「レオナが？」

「ええ。普通の鑑定スキルはそれほどじゃないけど、【魔導具解析】っていう対魔導具専用のスキルなら自信あるから」

「なるほど。それならお願いしてもいいか？」

「うん」

こうして、俺は謎の魔導具の解析を、レオナの手に委《ゆだ》ねるのであった。

「大体だけど、この魔導具の機能が分かったわ」

二日後、俺はレオナに連れられて、村の外を訪れていた。

「本当か？　本当にレオナは仕事が早いな。でも、大丈夫か、こんな外に出て？」

フードを目深《まぶか》に被って姿こそ隠しているが、それでもリスクはあるだろう。

「実際にそれを試してみないと分からないから」

レオナが視線を俺の後ろにやった。

そこには魔導具を背に乗せたアグウェルカの姿があった。

『ふむ。ここで良いのか？』

「ええ、ありがとう」

レオナには耳飾りの複製品を持たせている。村の人達の家が完成したことで、ようやくマナに余裕が出来たのだ。

複製のコストは少し重かったが、それに見合った利便性はあるだろう。

「本題だけど、この魔導具には三つの機構が搭載《とうさい》されてるわ。一つ目は台座の内部にある、魔力の収集機関。これは別に珍しくないけど、貯蔵量が並の魔導具よりも多いわね。二つ目はこの魔導具を制御するための操作パネルね。そして三つ目は、溜めた魔力を魔法に変換する機構。上の宝玉《ほうぎょく》に組み込まれていて、そこから攻性魔法を打ち出すことが出来るみたいね」

「攻性魔法？　どういうことだ？」

「端的に言うとこの魔導具は、一定の範囲に入った敵性体を自動で迎撃するみたい」

「本当か？」

もし本当にそんな機能が搭載されているのであれば、村の防衛が格段に容易になる。

「百聞《ひゃくぶん》は一見《いっけん》にしかずね。早速、試してみましょう。まずは最低威力の設定で……」

レオナは台座部分にあるパネルをいじっていく。

「この辺りで敵対的な魔獣を誘《おび》き寄せてくれるかしら」

「魔族が増えたせいで、この辺りの魔獣もだいぶ減ってきたんだよな。ちょっと骨が折れるな」

「それならあの【月夜の猫】とかいうギルドの人でも良いけど」

レオナがさらりと恐ろしい提案をする。

「いや、それはさすがにやめてくれ……」

【月夜の猫】での出来事は彼女にも伝えているが、そのせいか良い印象を持っていないようだ。

さて、俺はなんとか敵対的な猪《いのしし》を見付けると、魔導具の方向へと誘導する。

すると、魔導具の台座から宝玉が浮かび上がり、高速で回転し始めた。

「お、な、なんだ？」

「どうやら反応したみたいね。今は周囲の魔力を吸い上げて攻性魔法に変換させてるみたい」

その直後、宝玉に収束した魔力が一気に解き放たれた。

それらは無数の光弾となって射出《しゃしゅつ》されると、ダダダダダッという音を立てながら、こちらへ向かってくる猪に叩き込まれ、軽い爆発を引き起こした。

「グォオオオオオオ！！！」

何十発もの光弾を撃ち込まれた猪は、必死な悲鳴を上げると、そのまま逃げ出していくのであった。

「えーっと……最低威力でこれか……なかなか凶悪《きょうあく》な魔導具だな……」

その様子を見て俺は少し引いてしまう。

「で、でも、防衛には向いてるんじゃない？」

確かに、防壁にこれを組み込めれば、心強い防衛兵器になってくれるだろう。

「よし、これを量産して防壁に組み込むことにしよう。レオナ、手伝ってくれるか？」

「うん、任せて」

＊

「おう、ブライ。呼びつけて悪いな。とりあえず飲めよ。毒なんか入ってねえからな」

ガルシアに、麦酒《ビール》がなみなみと注がれたジョッキを渡された。

「なあ、セインさん。これはどういうことなんだ」

魔導具の実験から数日後、セインさんに村の宿酒場に来て欲しいと頼まれた。するとどういうわけか、そこでは古巣《ふるす》のメンバーによる宴会が行われていた。

どうやら今回の作戦は、ギルド総出で取りかかるようで、ライト達のパーティだけでなく、【月夜の猫】のほぼ全メンバーがここに集まっていた。

「その……ライトさんに、どうしてもブライくんを呼んで欲しいと頼まれてしまって……」

「やあ、ブライ。来てくれたようだね」

当然そこに、ライト達がいないはずもない。

セラは露骨《ろこつ》に不愉快そうな表情を浮かべ、一方でライトはどこか上機嫌であった。

「ちょっとどういうつもりよ。どうしてこいつを呼んだの？」

「まあいいじゃないか、セラ。彼には一度お礼を言うべきだと思うし、いい機会だ」

お礼だと？　今更なんのつもりだ。

「なんだか、嫌な感じ……」

「ええ、あまり長居しない方が良さそうですね」

一緒に来てくれたエストとラピスも、この空気に嫌なものを感じているようだ。

「俺もあまり暇じゃないから、大した用じゃなければ帰りたいんだが……」

俺はやんわりと断ろうとする。しかし……

「暇じゃない……ね。何やら、こそこそとなにかしてるみたいだけど、君のおもちゃが一体何の役に立つと言うんだい？　君なんていなくても、僕らがいればこの村は大丈夫だ。いいから、そこに座りなよ」

ライトは取り合う様子もなく、無理矢理に俺を引き留める。どうやら、俺が魔導具で色々と試していることを知っているようだった。

「本気なの、ライト？」

「もちろんだよ、セラ。こいつが抜けてから僕達、なにもかもがうまくいっているだろう？　彼にもそれを知ってもらいたいじゃないか」

「……まあ、うまくいってるのは事実だけどさ。でも、こいつのせいで補助金は減らされちゃったじゃない」

「そうだね。僕らが失ったものは決して小さくない。でも、それ以上に、僕らがここ最近挙げた成果は素晴らしいものだっただろう？」

そう語るライトは非常に上機嫌だった。

どうやらここしばらくの、【月夜の猫】の経営状態は良好らしい。

「興味津々って顔だね。かつては一緒にパーティを組んでいたよしみだ。聞かせてあげるよ」

興味など欠片もないが、ライトは構うことなく自慢話をし始めた。

やれ王都を襲う飛竜《ひりゅう》の群れを撃退しただの、ギルドのランクがBからAに昇格しただの、お陰で国からの依頼が舞い込んだだの、あれ以来、いかにギルドが順調なのかという話を滔々《とうとう》と語り続けるのだ。

まったく鬱陶《うっとう》しいことこの上ない。

「そうか、それは良かった。みんな順調のようだな」

俺は気のない相づちを返す。

彼らとまた揉《も》めても面倒だし、適当に話を合わせて、機会を見てここを抜け出そう。

「おいおい、誰かと思いきや、クソ無能までいんのかよ」

なんとか抜け出る機会を窺っていると、また面倒なのがやって来た。ギルド長だ。

セインさんによると、彼らは今回、国の依頼でここに来たようだが、ギルド長自らこんな北の果てにまで出張してくるとは、ギルドにとってよほどの大仕事のようだ。

「マスター、ちょうど良かった。今、僕達がどれほどうまくいっているのかを彼に話していたんだ」

「ブハハハハ、そいつは面白ぇ」

どうやらギルド長は、この宴会の趣旨をいたく気に入ったようで、急に上機嫌に笑い始めた。

「そういや前にテメエ、財政がどうとかクソみたいなこと抜かしてたな？　だが、実際はこの通りよ。今回の依頼、誰からだと思う？　国王様からだぜ？　クク、テメエはごちゃごちゃ抜かしてたが、国はしっかりと俺達の功績を評価してたってわけだ」

ギルド長がしきりに、嘲笑の入り交じった大笑いをする。

結果として、俺を追放したことで彼らは成功を手に入れたらしい。それは愉快で仕方がないだろう。

「おっと、勘違いするなよ。功績を挙げたのはこいつらだ。テメエは経理の仕事もろくに出来ずに、補助金を減らした大馬鹿野郎だ。テメエがいかにクソ無能かよく分かったか？」

そしてギルド長の説教が始まった。

年のせいか、彼はやたら若者に長話を聞かせたがるのだ。

「いいか？　最近の若ぇ《わけ》のはすぐ、法律だの正義だのクソだりぃこと抜かしやがる。だが、仕事において大事なのは、いかに成果を挙げられるかだ。過程の正しさなんざ二の次よ」

とんでもないことを言ってのけるものだ。

それは非合法な手段に頼らないとやっていけないほどに経営がずさんであることの裏返しなのだが、そのことには気付いてはいないようだ。

「ま、お陰で、今や俺達【月夜の猫】は王都でも右に出る者のいないナンバーワンだ。これも全部俺の手腕だぜ」

もはや自分語りであった。ほとんどライト達の功績だろうに、よくもまあここまで得意げになれるものだ。

俺は静かにため息をついた。

「そういや、ブライ。そこの二人も連れてきてたんだな」

ガルシアの声と共に、彼らの視線がエストとラピスに注がれた。

「ほう……」

ギルド長が感心したような声を上げた。

「少し幼《おさな》えが、二人とも大した美人だな。ハッ、なんでこんなド低能の側にいるんだか」

「…………」

先ほどからエストとラピスは、不機嫌そうに黙り込んでいる。

正直、俺も同じ気持ちだ。

二人のためにも早くこの場を辞《じ》したいところだ……

「なあ、そんなクソ男やめとけよ。美人がもったいねえし、お嬢ちゃん達が不幸になるだけだぜ」

そう言って、ギルド長はエストとラピスに腕を回そうとした。しかし――

「『触れないでください』」

二人は息を合わせて、すげなくそれを払うのであった。

「テメエら、なんだその態度は？　年長者への敬意ってもんが足りてねえぞ!!」

その対応が酷く気に障《さわ》ったようで、ギルド長は怒り心頭である。

ちなみに残念ながら、この場で最も年長の者はエストだ。

彼女はギルド長を睨みつける。

「……ブライのなにが気に入らないのかは分からないけど、こんな寄ってたかってイヤミを浴びせ続けるなんて不愉快です。ブライは私の恩人、彼をこんな風に侮辱《ぶじょく》するなんて我慢出来ません」

「んだと？　俺は嬢ちゃんのためを思って忠告してやってんだぜ？」

まずい。なるべく穏便にここを抜けたかったが、このままだと一悶着《もんちゃく》起こるかもしれない。

「エストの言う通りです。これまでの無礼、撤回《てっかい》して謝罪してください。あなた方のような口先だけの人間より、ブライの方がよほど魅力的です」

「な、なんだと……？」

「おいおい、マスターが口先だけだってよ」

話を聞いたガルシアが笑い出した。

「おい、ガルシア!!　テメエ、なに笑ってやがる!!」

「わ、わりぃ、わりぃ、ついな」

「だがお嬢ちゃんの言う通りじゃねえか。マスターはただ酒飲んでくだ巻いてるだけだしな」

「よく言ったぜ、嬢ちゃん」

何やら周囲の冒険者達がラピスに同調し始めた。

「な、なんだと？　今ほざいたの誰だ？　ぶっ殺してやる!!」

ギルド長が叫び出した。

まあ確かに、ギルドメンバーの間でギルド長の評判は芳《かんば》しくない。俺が経理を担当していたのも、元はといえば彼の怠慢《たいまん》が発端《ほったん》だ。

本来彼が請け負うべき事務仕事を押し付けられている者も少なくないだろう。

ふとしたきっかけで、周囲の不満が爆発してもおかしくはない。

「クソックソッ、テメエ言わしておけば……」

ギルド長は怒りのあまり、エスト達の方へとずかずかと歩き出す。

「まずい!!」

俺は咄嗟に間に割って入ると、ギルド長と対峙する。

「ハッ、本当にむかつく野郎だぜ。美人二人に囲まれてヒーロー気取りか。だがな、テメエがクソ無能だってことは変わらねえ事実だ。今何レベだ？　70か？　80か？　テメエがいくらレベルを上げようと、ステータスは変わらねえけどな。テメエは一生、底辺のままなんだよ」

ギルド長はそう言って、俺の首をひっ掴もうとする。しかし……

「え……」

俺はギルド長の腕を取り、容易く捻り上げる。

「な、こ、この俺様がどうしてテメエ如きに……!?」

「ガハハ、やるじゃねえかブライ。いつの間にか腕を上げたな。マスターはこう見えても俺並みの馬鹿力だってのによ」

そんな様子を見てガルシアが笑い出した。

「テメエ、ガルシア。笑ってないで助けろ！」

「そうだな。ブライ、放してやってくれよ」

「分かってる。別に俺だってマスターをどうこうしたいわけじゃない」

俺はガルシアに従ってギルド長を放す。

「けっ、今度はこうはいかねえ。見てろよ」

しかし、ギルド長が懲りる様子はなく、今度は殴りかかってくる。しかし、その拳が届く前に、ギルド長は後ろにいたガルシアに羽交《はが》い締《じ》めにされてしまう。

「おっと、マスターもやりすぎだぜ。元々絡んだのはマスターだろ？」

「るせえ!!　こんなガキ共に舐《な》められてたまるかよ!!」

「まったく、見てられねえぜ……」

ガルシアがため息をつく。

それにしても彼が俺達の味方をしてくれるとは意外だった。

「うむ。マスター、悪ふざけはその辺にしておくべきだぞ」

同時にもう一人の男が助け舟を出してきた。

俺の後任のエドという男性であった。

「んだよ、エド!! 新入りのくせに俺に指図しようってのか!!」

「ハハハハ、確かに私は新入りだが、これはマスターのために言っているのだよ」

「あ？」

「今回の依頼は国からだ。加えて私は、騎士として本国への報告の義務がある。マスターも余計なことを報告されたくはないだろう」

その口ぶりから、どうやらエドという男性は騎士団の関係者のようだ。

「そうだぜ、マスター。エドの言う通りにしようぜ」

「チッ……クソがよっ……」

ギルド長は乱暴に酒瓶をひったくると、そのままどこかへ消えていった。

「ブライ……お前、まさか……」

一方のライトは俺の方を睨みつけていた。

「どうした、ライト？　俺の顔になにか付いてるのか？」

「フン。ガルシアとエドに助けられたなと思ってね。正直、僕は君が殴られるところを見たかったよ」

ライトはさらりとそんなことを言ってのける。

本当にこの男は、心底俺のことを嫌っているようだ。

「ライト、お前はまだ俺のことを許してはくれないんだな」

「当然だろう。僕の受けた怒りと悲しみ。君を千回殺しても晴らせやしない」

表情こそ爽《さわ》やかそのものだが、その瞳は確かに俺への怒りと憎しみに溢れているように見えた。

かつて俺とライトは二人でパーティを組んでいた。

しかし、その時に巻き込まれた事件によって、ライトは俺を恨むようになってしまったのだ。

「さて、どんな聞き心地の好い言葉を吐いたのか、彼女達は随分と君を盲信しているみたいだね。だけどこれだけは覚えておきたまえ。君によってうちのギルドは散々足を引っ張られた。今後も邪魔だけはしないでくれよ。またマスターの機嫌を損ねられてはたまらない。改めてそれだけは言っておこう」

ライトは爽やかな笑顔でそう吐き捨てた。

「ほんとよね。ライトの気を惹《ひ》くためだけに付き合ってたのに、こんなに祟《たた》るなんてね」

ぼそりとセラが呟いた。

「なんだって……？」

その一言は、さすがに衝撃的であった。

「なに、私が本気でアンタに惚れてるとでも思ったの？　全部演技よ。ほんとは、アンタに触れられるなんて嫌でしょうがなかったんだから」

「おいおい……ライトの気を惹くために、そこまでやるか普通？」

ガルシアが少し引いたような口調で呟いた。

ただ単に、俺が男として劣っているから、ライトに気持ちが移ったのだとばかり思っていた。

しかし実際は、最初から全てが嘘で、ただ利用されていただけだったとは。

「随分と酷い話だな……」

思わずそんな言葉を漏らしてしまう。

「あら、いい顔じゃない。正直、ちょっとむかついてたのよ。パーティの足は引っ張るし、アンタの余計な気遣いで、補助金まで減らされちゃってさ。ま、それもすぐに帳消しになったけど。でも私……働き者の無能が一番大嫌いなのよね」

散々な言われようだが、俺はなにも言い返せずにいた。

確かに、パーティの足を引っ張ったのは事実だ。

「な、なによ、好き放題言って……」

一方、エストがセラの言葉に怒りを露わにする。

「エスト。気にしなくて良い」

だが、俺はそれを制する。

セラの発言はショックだったが、今更取り合う必要もないだろう。

「まあいい。とりあえずライトの言いたいことは分かった。だが、俺はギルドに未練なんてないし、お前達に仕返しをしようとも思っていない。だからこれからはお互い不干渉といこう」

「チッ……お前如きが僕に指図するな。さっさと消えろ」

ライトの語気が荒くなる。どうやら、俺の言葉に相当苛立ったようだ。

「分かった。お前の言う通り、ここから消えるよ」

自分が呼びつけたくせにと思わなくはないが、これ以上ライトを刺激しても仕方ない。

俺はエスト達を連れて、その場を去った。


「なんですか、あの人達は？」

最初に不満を口にしたのはラピスであった。

「仮にも仲間だったというのに、ブライのことをよく知りもせず、あんな……」

「私もだいぶむかついたかも……ブライ辞めて正解だったよ。あのままあのギルドにいたら、きっと頭が変になってたよ!!」

「そうか……二人とも嫌なところを見せたな。すまん」

俺は二人に頭を下げる。

「ブライのせいじゃない!!」

「まったくです。ブライが謝る必要など……」

二人の様子を見て、思わず口元がほころんでしまう。

「な、なにを笑ってるのですか？」

「もしかして、頭でも打っちゃった？」

「違うって。ただ、嬉しいなと思って」

「やはり、頭を打ったのですね。診《み》せてください」

二人が心配したような、引いたような微妙な表情を浮かべる。

「本当に違うって。実際、あいつらの言葉はそこまで気にしてないんだ。まあ、セラの件は少しショックだったけど、そんなことよりも二人が俺の味方をしてくれたことが、とても嬉しかったんだ」

「ブライ……」

「俺には大事な仲間がいる。俺のステータスが低くてもそんなこと気にしたりしないし、俺のために真剣に怒ってくれる。そう思ったらさ、あいつらの話とかどうでも良くなった。だから、ありがとうな……」

俺は二人に深く頭を下げる。

「ブライ……お礼を言うのは私の方だよ。ブライは、あの暗く冷たい氷の中にずっと閉じ込められて、家族も友達も失くした私の居場所になってくれた。そして今はラピスちゃんやレオナちゃんっていうかわいい友達も出来た。もちろん、ルカちゃんやロイちゃん、村の人達だって……だから感謝してる」

「わ、私だってそうです。きっとあなたに言われなかったら、私は誰とも関わらずに生涯を終えてたと思いますし、居場所を作ってくれて本当に感謝しています」

まったく、俺は果報者《かほうもの》だ。

ここまで信頼を寄せてくれる仲間がいる。

だからギルド【月夜の猫】には一切の未練はないし、彼らになにを言われようともなにも気にならない。

そう思わせてくれたのは彼女達なのだ。

第六章

「それにしても凄いね……」

目の前のそれを見て、エストが感嘆の吐息を漏らした。そこには先日レオナが解析した魔導具が並べられていた。

「レオナは《タレットオーブ》って名付けてたな」

城に取り付けられている防御用の見張り塔から採った名前だ。

迎撃に用いる兵器の名前にはぴったりに思える。

「とはいえ用意出来たのは八基《き》だけだ」

外の器を【ログインボーナス】で複製し、内部の霊子回路をレオナが量産する。

そうすることでコストは随分と抑えられたが、それでも八基《き》用意するので手一杯であった。

「まあ、足りない分はこれで補おう」

セインさんが持ってきたのはバリスタと呼ばれる攻城兵器だ。

「教会に使用が禁止されていた時代に、村がこっそりと隠し持っていたものだ。操作も簡単だし、万が一の時にはこいつも役に立つはずだ」

四方の防壁に二基ずつの《タレットオーブ》、角《かど》の四つの塔にはバリスタ、一つの村が持つにはかなりの戦力と言えるかもしれない。

「しかし、随分と村に不釣り合いな防壁になったなあ」

セインさんが防壁を見上げる。

そこにあるのは、それまでの石を軽く積み上げたような簡素な作りのものではない。まるで城を囲うような、高く堅牢《けんろう》な防壁であった。

村の石工が素材や基礎構造について研究し、レオナは防壁が自動で修復されるような術式を組み込んだ。

そうして作られたサンプルを、俺が【ログインボーナス】で複製したことで完成したのだ。

「まさか、こんな短期間にここまで防備を固められるなんてね。本当に助かったよ」

「そっちこそよくバリスタなんて持ってたな。普通の村に置いてあるような代物じゃないぞ」

「昔から魔獣の襲撃は多かったからね。その名残《なごり》なんだと思うよ。でも、なんとか使えそうで良かったよ。矢まで量産出来たし」

防備を固めるのに必要な素材は石、砂、鉄、木材など比較的ありふれたものだ。

お陰で量産のコストはかなり安く抑えられた。

「それにしても、ここしばらく魔族の襲撃が断続的に続いてたけど、全部ラピスさんが迎撃してくれて助かったよ。その……ありがとう」

セインさんがラピスに視線をやると、ぎこちなくそう言った。

「……わ、私もこの村に住まわせてもらっていますから。当然の義務です」

一方のラピスはセインさんから目を逸らしてしまう。

やはり、まだ距離がある。

ラピスはセインさんが叔父にあたることを、まだ知らないのだ。こうして村に顔を出すようにはなったが、微妙な空気が両者の間に漂っていた。

ラピスも人間を嫌っているわけじゃないんだろうけど……

これればかりは、時間が解決してくれるのを待つしかない。

「まあでも、こんなに魔法のエキスパートが揃うなんて本当に幸運だよ」

セインさんは気を取り直して言う。

「これなら大規模な襲撃が来ても、なんとかなりそうだ」

「だといいけどな……」

いずれにせよ、いつ敵の大規模な侵攻が始まるかという状況で、精一杯の準備は出来たことだろう。

＊

そして、決戦の時は思いのほかすぐに訪れた。

翌朝、俺は魔族襲来の報《しら》せをラピスから聞いて、エストと共に慌てて村に向かった。

「ブライくん、敵の数は？」

セインさんは、慌ただしく迎撃の準備を整える村人達を指揮しながら、尋ねてくる。

「ラピスの報告では、遠目に見ただけで五百といったところだ……」

「な、なんだって？」

朝から村の周囲を探っていたラピスによると、これまでとは比にならない魔族の大群だったとのことだ。

「おまけにトロールは数十、一回り大きい真っ赤な個体……オーガも十はいたそうだ」

「トロールにオーガ？　馬鹿な……いくらなんでも戦力が過剰だ」

いずれも並の人間の十数倍の力を持つ上位種だ。

それがここまで揃っているなど、これまでの襲撃とは比べものにならない。もしかしたら、魔族の本隊とも言うべき軍勢かもしれない。

「それなりの準備はしてきた。だが、本当にあの数をやれるかは五分五分かもな……」

「やれやれ、戦う前から臆病風《おくびょうかぜ》かい」

圧倒的な戦力を前に不安をこぼしていると、聞きたくもない声が響いた。

「ライト……」

どうやらイヤミを言いに来たようだ。

随分と暇な男だ。

「わざわざ俺に構ってる暇なんてあるのか？」

「なに、あの程度の数なら、僕らの力があればどうってことはないからね」

確かにここ数年でライト達は、それまでとは比べものにならないほど力をつけた。

しかし、それと敵を軽視することは別の話だ。

「……用がないなら仕事に戻ってもらえませんか？　村の人達は今、必死に防衛の準備をしてるんですよ？」

俺を庇うようにエストがライトに食ってかかる。

「君は確か、エストちゃんだったかな？」

ライトはそっとエストに顔を近付けると、爽やかな笑みを浮かべた。

「な、馴れ馴れしく呼ばないで」

客観的に見ても、ライトの容姿は整っている部類である。

ライトの本性を知らない女性がそのようにされたら、頬を赤らめていただろう。

しかし、エストは嫌悪感を表すと、咄嗟に距離を取るのであった。

「ふん。随分とその男を気に入っているみたいだな。だが、あまり僕の機嫌を損ねない方が良い」

ライトがエストの顎を掴み、クイと持ち上げる。

「ライト、いい加減に――」

「……黙れ」

エストから引き離そうとすると、ライトは槍を抜いて俺の首元に突きつけた。

「いずれ俺の女にしてやるよ」

「誰が……」

エストはライトを睨むと、その手を掴み、冷気を流し込んだ。

「おっと……」

ライトは即座に手を離し、やれやれとため息をつく。

「まあ、良いさ。君にもいずれ分かる。そいつが慕うに値《あたい》するような人間かどうかね」

「それは私が決めること。あなたじゃない」

「フン……」

ライトは気に入らないといった様子で去っていく。

「本当に嫌な男……でもブライ、あの人、やたらとあなたを目の敵にしているみたいだけど、なにかあったの？」

「あった……といえばあった……元々、俺はあいつと二人でパーティを組んでたんだ」

「そうなの？」

「ああ。だが、昔話は時間がある時にしよう。それよりも、あの群れをなんとかしないとな。基本的には《タレットオーブ》とバリスタで戦力を減らすことになるだろうが、討ち漏らしがあった時は、ライト達と協力して迎撃するぞ」

「ま、仕方ないか……この村のためだもんね」

この村に来て日は浅いが、それでも悪くない日々だった。

かけがえのない仲間が出来たこともそうだし、セインさんには随分と良くしてもらった、村のために働く日々も悪くはなかった。

「よし、気合を入れよう。この難局、なんとか乗り越えよう」


やがて、魔族が一斉に動き出した。

先陣を切ったのはゴブリンの集団だ。

いずれも小柄の低位の魔族だが、とにかく数が多い。

「とはいえ、あの程度なら《タレットオーブ》でどうにかなるだろう」

やがて、ゴブリン達が射程圏内へと足を踏み入れた。

瞬間、《タレットオーブ》がその宝玉を高速回転させる。

それから無数の光弾が発射されると、ゴブリンの群れを一瞬で吹き飛ばした。

「嘘みたいだ……」

その光景を見て、セインさんが感嘆の声を漏らした。

「あれだけのゴブリンが一瞬で、本当に凄まじい威力だね」

実際、防衛兵器としては極めて優秀だ。

無策で突っ込めばどんな大部隊でもたちまち壊滅するだろう。

「だが、油断は出来ないな」

俺は《タレットオーブ》によって上がった土煙の向こうへと目をやる。

「あれは……」

そこには鎧を身に纏ったオーガとトロールの軍勢がいた。

ただでさえ屈強な肉体を持つというのに、奴らは特別な鎧を纏っていた。

セインさんが険しい視線を向ける。

「あの鎧は一体なんだい？」

「アイギスナイトかもしれないな」

「アイギスナイト？」

「魔法に対する耐性を付与する特殊な鉱石だ。この大陸では希少な物だが、記録では暗黒大陸に生息する魔族の用いる武具によく使われていたそうだ」

どうやら、彼らは弓矢だけでなく、魔法への盾の役割も担うタンク役のようだ。

「魔法による遠隔攻撃じゃ効果は薄いだろう。まずはバリスタで数を減らそう。魔法は一旦、温存だ」

更にオーガ達の背後にはグリゴリと呼ばれる、魔法に長けた小型の魔族共が控えていた。

あれらがいる以上は、やはり遠距離から魔法を使っても効果は薄い。

「分かった。射程に入ったら攻撃命令を出そう」

「ある程度数が減ったら、後方のグリゴリを魔法で迎撃する。エストとラピス、レヴェナントがいればかなりの数が減らせるはずだろう」

特にレヴェナントは戦略《せんりゃく》魔法に長けており、今回の作戦の中核をなす。

彼が得意とするのは闇系統の魔法だが、魔力消費が激しい分、威力も範囲も凄まじいのだ。

古巣に頼るのは癪《しゃく》だが、頼もしい戦力になることは間違いない。

「ああ、えっとそれが……」

しかし、レヴェナントの話題を出した瞬間、セインさんは口ごもった。

「おいおい、まさか……」

俺は嫌な予感がする。

これでも元仲間だ。だから、彼の性質は多少なりとも知っている。

「うん。どうやら彼はまだ宿屋にいるみたいなんだ……」

俺は盛大にため息をついた。

「まったく、あいつは本当に……」

あの男は自分の知的好奇心の赴《おもむ》くままに生きる人間だ。

全く話を聞かないわけではないが、それでも彼の興味を引くものがあれば、作戦への協力よりも優先してそちらに没頭してしまう。

ライトとは別の意味で困った人物なのだ。

「奴は俺がなんとか説得してみる。セインさんは、敵が射程に入ったら攻撃の指示を出してくれ」

「ああ、分かったよ」

そして後のことをセインさんに託すと、俺は大慌てで宿屋に向かうのであった。

「おいレヴェナント、探したぞ」

レヴェナントは結局、宿屋にはいなかった。

俺は、村の外へと伸びる彼のものと思しき足跡を追って、なんとかこの洞窟を探り当てた。

「まったく、こんな所でなにやってんだ」

ここはエストが氷に囚われていた洞窟だ。

何やら怪しげな儀式のようなことをしているが、一体ここになにがあるのだろう。

「おや、ブライですか。いいんですか？　こんなところにいて」

「それはこっちの台詞だ。あんだけの大群が迫っているのに、お前はなにをやっているんだ？」

「もちろん、この土地の霊子の組成《そせい》を調べているのですよ。知っていますか？　魔力にもそれぞれ個性があるんです。地水火風の基本四大元素、それらから派生する氷雷音などの第二元素、そして聖や闇、幻《まぼろし》といった概念的な第三元素など……」

レヴェナントはこちらの事情も考えず、突然語り始める。

「もちろんそれらは教会が定義した恣意的《しいてき》なグループ分けに過ぎません。実際はこれらの枠に当てはまらないものもありますし……」

「ああ、その話はいいから早くこっちに来てくれ。村が大変なんだ」

「どうして？」

しかし、レヴェナントはなぜ自分が行かなきゃいけないのかといった風に首を傾げる。

「い、いや、村の危機なんだぞ？　仮にも依頼を請けたのなら義務を果たせ」

「無論、本当に危なければ私も出ますよ。でもあの程度なら私がいなくても大丈夫でしょう？」

「おいおい、本気で言ってるのか……」

「もちろんです。あ、そうだそうだ。聞きたいことがあったんです」

説得も空しく、レヴェナントが気まぐれに話題を変える。

まったく、昔からこいつはそういう奴だった。自分が興味を持つ対象のことばかりだ。

「ここ最近ギルドに戻っていないようですが、ブライはなにをしていたのですか？　全然姿が見えなくて心配していましたよ」

「は？」

しかしさすがに、レヴェナントから飛び出た言葉には驚きを隠せなかった。

「イヤミで言って……いや、お前はそういう奴じゃないな」

俺は盛大にため息をついた。

「ああ、もしかして依頼のために、先にこの村の下見に来ていたのですか？　いや、でも、あなたがいなくなったのは依頼を請ける前だったような……」

「やれやれ、どうやらお前、俺がクビになったことを知らなかったんだな？」

こいつはあの日、ギルドにいなかった。

もっとも、仕事以外でギルドにいることの方が珍しいので、別段おかしくもないのだが、まさかあの一連のやりとりを全く知らなかったとは。

「なるほど。それは初耳でした。しかし、クビ？　どうしてクビにされたんですか？」

「おいおい、俺に説明させるのかよ。自分から説明するのは少し惨めなんだが……」

こんなことを言ってても、全く悪意がないのがレヴェナントという男だ。

正直、魔法の腕がなければ、真っ先にクビにされてもおかしくない。

「そうですか。それは申し訳ありません。ですが、あなたほどの人をクビにするなどマスターやライトはなにを考えているのでしょうね」

これもイヤミで言っているわけではない。

本当に恐ろしいことに、レヴェナントは俺のことを失うには惜しい人材であると考えていたようだ。

「俺はステータスも伸びなければ、経理の仕事もろくに出来なかった無能だったからな」

「ですが、冒険者としての洞察《どうさつ》力、知識、判断力を備えているのはブライでしょう？　ガルシアは論ずるに値しませんし、セラも大局《たいきょく》を見る目はない。ライトは悪くありませんが、慢心癖のせいで慎重さに欠けます。であれば、あなたを切る判断は愚かと言えるでしょう」

「本気で言ってるのか？」

「え？　私、変なこと言ってますか？　すみません。自分、人とは考えがずれているので」

「自覚はあったのか……」

今日一番の驚きである。

「……まあ、評価の話はおいておきましょう。いずれにせよ、あなたが本当の力を発揮すれば、あの程度の軍勢は問題にはならないですし、あなたをクビにするなんて話にはなりませんよ」

「本当の力？」

「ええ。あなた、レベルとステータスが乖離《かいり》しているでしょう？　変だと思いません？　レベルというのは、その人の強さを表す指標です。レベルが上がるからステータスが伸びるのではなく、ステータスが伸びるからレベルが上がるものでしょう？　ですから、あなたのステータスが伸びないと聞いて、ずっと違和感を抱いてました。なにかあったのではないかと」

そういえば、【ログインボーナス】によると、俺にはステータスが上がらなくなる呪いが掛かっていたとか。そもそも、あの呪いはいつ、誰に掛けられたのだろうか。

「大体おかしな話ですよ。あれだけ努力していたあなたが弱いはずないのに、それをクビにしようなんて」

「な…………」

俺は言葉を失ってしまった。

「知ってたのか？」

「ええ。いつもギルドを閉める時間になると、あなたはどこかへ消えていく。あなたの家の方向とも違いますから、気になって跡をつけたことがあったんです」

「お前、それストーカーだぞ」

「そうなんですか？　私、そっちの気はないのですけど……恋人もいますし」

「え……いるの……？」

今日一番の驚きが更新されてしまった。まさか、この変人に好意を寄せる人間がいるなんて……

「やれやれ……」

なんだか、話していて疲れてしまった。俺はそっとため息をつくと、レヴェナントに背を向ける。

「ふっ……」

思わず、笑みがこぼれた。

正直、レヴェナントの行動と考えはアレだが、それでもあのギルドに一人でも俺を認めてくれる者がいたんだな。そう思うと、ほんの少し嬉しくなってしまう。

「まあでも、心配は要りません。解決の糸口は見えました。ここの元素は、どうやら呪いを構成するのに最適な性質を持っているみたいですから。逆に言えば解呪にも向いているということです」

「ん……？　待てよ。お前、もしかして俺のステータスをなんとかしようと、ここに来ていたのか」

「ええ、そうですよ。言いませんでしたか？」

「一言も聞いてないが……」

驚いたことにこの男は、ずっと俺のためになにかを画策《かくさく》していたようだ。

「なんだか、悪いことをした気分だな……」

そんなレヴェナントの厚意を思うと、少し申し訳ない。

「なぜですか？」

「……解けてるんだ」

「……え？」

そう。既に【ログインボーナス】によって、俺は伸ばしそこねたステータスを取り戻していた。

俺はそのことをレヴェナントに説明する。

「……なん……ですって……」

レヴェナントは、心底がっかりした表情を浮かべた。

「いや、気持ちは嬉しかった。ありがとう、レヴェナント」

「……慰めはいりません。私はいつも間が悪い。ええ、知っていました。知っていましたよ‼」

レヴェナントが妙なテンションで叫び始めた。

思いのほか、繊細な男だった。

「……まあいい、いいでしょう。それなら、なおのこと私の加勢はいらないでしょう？」

「まさか、拗ねてるのか？」

彼の努力が空回りに終わったことは事実だが、それでも出来ればレヴェナントに力を貸して欲しいというのが本音だ。

「違います。拗ねてなんていませんから‼　実はもう一つ懸念《けねん》があるのです」

「懸念……？」

「ええ、あの魔族の群れに紛れて、なにか凄まじい力の奔流を感じるのです」

つまり、今襲撃してきている魔族以上の脅威が迫っているということだろうか？

「ですから、その備えをしたいのです。目的の一つはあなたのステータス異常の解呪でしたが、もう一つ考えていることがあるのです」

「なるほど。それなら、もうなにも言わない。お前の準備が出来たら来てくれ」

なにを考えているのかは、まだいまいち分からないが、そこまで言うのならレヴェナントを信じてみることにしよう。

そう決めると、俺は洞窟を後にした。

＊

ブライがレヴェナントと会っていた頃。

村の方では白兵戦《はくへいせん》が行われていた。

「ここまでは、順調みたいだ。ブライくんのお陰だな」

戦いの流れを見ていたセインは、安堵の息をついた。

《タレットオーブ》とバリスタを用いた波状攻撃によって、既にトロールの一部とグリゴリの大半が撃破された。

今は、オーガとトロールの中でも強力な個体、そして討ち漏らしたゴブリン達を相手にライト達が戦っている最中であった。

「ハハハハハ、まるでネズミ捕りでもしてるみたいだな」

魔力で生成した光の槍を、ゴブリンの喉に突き刺しながらライトは笑い出す。彼は膨大な魔力を頼りに、無数の槍を絶え間なく生成しては、矢のように射出して魔族を屠《ほふ》っていた。

「おう、さすがに俺達の敵じゃないな」

そう言うガルシアは、両手に持った戦斧《せんぷ》を豪快に振るい、まるでリンゴをさくりと切るように、トロールを縦に両断していた。

ギルド一の怪力を誇るガルシアだが、そのパワーは鎧ごとトロールを切り裂くほどに極まっていた。

「あんまり前に出すぎないでよね」

それをサポートし、バフや治癒を掛けていくのはセラだ。

魔道士のレヴェナントを欠いた状態だが、それでも三人の快進撃は、魔族を恐怖させるには十分すぎるほどであった。

「ハハハ、これは私も負けていられないな」

切り立った崖《がけ》に立ち、腕を組みながら豪胆な笑みを浮かべるのは新入りのエドだ。

エドは仲間達の活躍に触発されたのか、全身に気合いを込めると、崖を蹴って、その巨体からは信じられないほどの速度で飛翔《ひしょう》した。

「ハーッハッハッハァアアアアアアアアア！！！　私は今飛んでいるぞぉおおおおお！！！！」

それは、飛翔魔法とは異なり、全身の筋力と瞬発力を活かした、ただの突進であった。

エドは高笑いしながら竜巻の如く回転すると、高く高く舞い上がっていく。

「フォオオオオオ！！！」

最高高度に達したエドは、まるで人間砲弾のようにまっすぐにオーガに突っ込んでいく。

そして、地面へと激突した刹那――エドが爆発した。

「う、うお、なんだ!?」

轟音と共に、大規模な爆炎が巻き起こり、戸惑う魔族達を消し飛ばした。

エドの体内に溜められた魔力が一気に炸裂《さくれつ》したのだ。

「フハハハハハ、これぞ私の奥義《おうぎ》、デッドエンドエクスプロージョンだ！！！」

爆炎の中、爽やかな笑みを浮かべてエドが立ち上がる。

周囲はオーガの死体で溢れていたが、驚くべきことにエドは全くの無傷であった。

「は、はは、アレはさすがにデタラメだね……」

気分が昂《たかぶ》るままに魔族を屠《ほふ》っていたライトも、少し呆れたようにその様子を見ていた。

「そうらそうら、まだまだ行くぞ‼」

エドは体内の魔力を練り上げると、凄まじい速度でトロールの群れへと突っ込んでいく。

「な……オ、オマエ、化け物か」

無数の仲間達の死体を前に、数多くの人間を恐怖に陥れてきたトロールが、すっかり震えおののいていた。

「フハハハハ、君に言われたくはないぞ」

青ざめるトロールを前に、エドは一層暑苦しい笑顔で、右手に魔力を収束させる。

「ヒ、ヒッ、し、死にたくねえよ……助けて……」

その殺気に、トロールは命の危険を感じたのか、怯えた表情で命乞いを始めた。

「残念だが、魔族に掛ける情けは……ない‼」

しかし、エドは容赦ない。渾身の魔力が込められた右ストレートがトロールの腹部に炸裂した。

「ひ……あ……？　え……？」

エドの勢いとは裏腹に、トロールはなぜか無傷であった。

「い、痛くない!?」

自身が抱いた恐怖に反して、それほどの威力がなかったことに、トロールが戸惑いと安堵を見せた。

「け、けっ……なんだよ、全然大したことねえじゃねえか!!　脅かしやが――」

ドゴォオオオオオオオオン！！！！！！

直後、凄まじい爆発が引き起こされた。エドの攻撃を受けたトロールは消し炭となり、周囲の数十はいたであろう魔族達は、爆炎に巻き込まれて為す術なく消滅した。

「…………」

戦場にわずかな静寂が訪れた。

先ほどまで戦っていた者達も、人間と魔族の別なく、手を止めて爆発の跡を眺めていた。

「バケモノだ……」

魔族の一匹がぼそりと呟いた。

「バ、バケモノが!!　バケモノがいるぞぉおおおお！！！」

かろうじて爆発を避けた魔族達は恐慌《きょうこう》状態に陥《おちい》り、蜘蛛《くも》の子を散らすように逃げ惑う。

「よし、諸君《しょくん》、今が勝機《しょうき》だ!!」

ここがチャンスとばかりに、エドの合図を受けた冒険者達が突撃する。

それからの戦況は一方的であった。

ライトは無数の光槍《こうそう》を生成すると、逃げ惑う魔族達に一斉に射出し、ガルシアとエドが討ち漏らした魔族達を片っ端から狩っていく。

まだ相当数を残していた魔族の群れも、エドの攻撃からわずか数分の内に、その大多数が駆逐《くちく》されてしまった。

「……か、片付いたのかい？」

村から冒険者達を見守っていたセインがぼそりと呟いた。

「あ、ああ、やったんだ……冒険者達がやってくれた!!」

「う、うおおおおおおおお！！！！」

村人達が歓喜の声を上げた。

魔族との最大の戦いに勝利したのだ。

「ふう、これで依頼達成だな、ライト」

ガルシアが汗を腕で拭いながら声をかける。

「まあ、僕らなら当然の結果だけどね。たとえトロールやオーガだろうと、僕らの腕で負けるはずがない」

事実、ライト達の実力は並の冒険者を遥かに凌駕《りょうが》していた。

トロールやオーガを容易く捻ったのがその証拠だ。

「さて、これで魔族達も思い知っただろう。人間に逆らうことがいかに愚かな行いかってことをね」

「そうだな。あれだけ気合い入れて襲撃したのに、惨敗《ざんぱい》したんだ。しばらくは大人しくしているだろうさ」

「それにしても、もう魔力がすっからかんよ。早くこんな田舎から抜け出て、温泉でも入りましょう」

【月夜の猫】の面々は力を使い果たしたようで、達成感に沸きつつも疲労の色を見せた。

「フ、だけど、その前に宴会でも開こうか。なにもない村だけど、料理や酒は大したものだ」

ライトはすっかり油断しきった様子で、村へ帰ろうと振り返った。しかし、その直後……

「ほう、それは楽しそうだな。私も交ぜてくれないか」

「え………？」

背筋が凍るほどの悪寒と共に、剣の一閃がライトの背を斬り裂いた。

「かはっ……」

「ラ、ライト!!」

咄嗟に、セラが魔力を絞り出してライトを転移させる。

「て、てめえは一体……」

ガルシア達の目の前に立っていたのは、漆黒《しっこく》の騎士鎧を纏った、おぞましい瘴気《しょうき》を放つ存在であった。

「な、なに？　このデタラメな魔力量は……」

目の前の騎士の全身からは、まるで溢れ出る殺意を凝縮させたかのような、おどろおどろしい魔力が瘴気となって表れていた。

トロールやオーガなどとは次元が違う。目の前にいるのは、人智を超えた強者《つわもの》であった。

「ハァハァ……クソ、なんだ？　対峙するだけで力が抜けていきやがる……」

ただ同じ空間に立っているだけで、まるで心臓を鷲掴《わしづか》みにされたかのような不快感に襲われる。

ガルシアはやがて、力が抜けて膝をついた。

「ふむ……息の根を止めるつもりで斬り付けたのだが、存外反応は悪くないようだ。だが……」

騎士はゆっくりと黒剣を構えると、全身の魔力を一気に増大させていく。

「力を使い果たした貴様らニンゲンなど、取るに足らんな……」

次の瞬間、凄まじい瘴気の奔流が周囲に解き放たれた。

「うおおおおおおおお！！！」

先ほどエドが披露した爆発に匹敵するほどの勢いで放たれたそれは、疲労困憊《こんぱい》した【月夜の猫】の面々を一瞬で吹き飛ばし、戦闘不能に追い込む。

「フン、他愛《たわい》もない……」

騎士はつまらなそうに呟くと、ゆっくりとその歩を村の方へと進めていく。

「後方には有象無象《うぞうむぞう》、それとこれは……」

騎士が全身の感覚を研ぎ澄ましていく。

「ほう。《遺《のこ》されの民《たみ》》か。こんなところで同胞と巡り合うとはな。奇妙な縁もあったものだ。それにこれは……フン。随分と不愉快な魔力だ。だが、私の相手ではない。まとめて、殺し尽くしてやろう」

村の後方に控える戦力を分析し終えると、騎士は彼らを仕留める算段を付けていく。すると……

「いや、君の思い通りにはさせんよ」

騎士の前に一人の男が立ちはだかった。

「驚いたな。まさか、あの一撃を耐えるとは、ニンゲンにもマシな個体がいるようだな」

「ハッハッハ、そういう君は魔人《まじん》という奴だな。こうして対峙するのは初めてだが、案外大したことはないな。あの程度、蚊に刺された程度の痛みしかないよ」

そう言って爽やかな笑みを浮かべたのは、エドであった。

「無理はするな。私の瘴気はニンゲンにとって毒だ。口では余裕ぶっていても体内を蝕《むしば》む不調を誤魔化せはせん」

笑顔を取り繕うエドだが、騎士の言う通り、足取りは重い。

今はわずかであるが、エドの体内の魔力は徐々に乱れ始めていた。

「魔人ともあろう者が随分と饒舌《じょうぜつ》だな。時間を引き延ばして、その〝毒〟とやらが回るのを待とうというわけか？　存外、小賢《こざか》しい策を弄《ろう》するものだな」

魔人――それは古来《こらい》より人類と敵対してきた、魔族の頂点に立つ存在だ。

人智を超えた肉体、魔力を持ち、人類で彼らに単独で対抗出来る者は、ただの一人もいないと言われるほどの災厄《さいやく》だ。

「つまらない挑発だな。ニンゲン程度、〝毒〟で殺そうが剣で殺そうが変わりなどない。使命を果たすことだけが私の望みだ」

「……ふむ。意外と冷静なようだな。やりにくいことこの上ないが、こちらも魔人の存在など許すわけには行かん。ここで倒させてもらおう」

「一人でなにが出来る？」

「いや、一人ではないよ」

エドが構えると、背後から人影が飛来してくる。

「ほう……」

それはエストを抱えて飛翔する、ラピスの姿であった。

「寒気がする……なんておぞましい魔力なの……」

「ええ、どうしてこんなところに魔人が……？」

エストとラピスは、魔人の放つ瘴気に気圧される。

「ほう、こんなところで同胞と見《まみ》えようとはな」

魔人がエストの方へと視線をやった。

「同胞……？　一体なにを……」

予想外の言葉を投げられて、エストは困惑する。

「だが、悪神《あくしん》の寵愛《ちょうあい》を受けた悪魔と無邪気に肩を並べるなど、滑稽《こっけい》にも程がある」

そう言って魔人は、嘲笑を浮かべた。

「なにを言っているのか分からないけど、余計なお世話よ」

「ええ、彼女はかけがえのない仲間です。謂れのない中傷《ちゅうしょう》はやめなさい」

「フン」

騎士は一笑に付すと、漆黒の大剣を構えた。

「私を倒したくば、全身全霊《ぜんしんぜんれい》で掛かってこい。魔人を止めようというのだ。死を覚悟しろ」

兜《かぶと》の奥に確かな志と憎悪を抱え、魔人が地を蹴った。

＊

決着は驚くほどあっさりとしたものであった。

「っ……ぁ……」

戦場のただ中で、魔人が少女の首を掴み上げていた。

「神の寵愛を受けようと、所詮は子供ということか」

「は、はな……しな…………さ…………」

ラピスは必死に抵抗しながら、自分の首を絞める手を解《ほど》こうとしていた。

しかし、両者の膂力《りょりょく》の差は明らかで、ラピスの抵抗は空しかった。

だが、彼女を助けられる者はその場にはいない。頼みのエドとエストは既に地面に倒れ伏し、ラピスだけがかろうじて抵抗しているという状況だ。

いずれも常人を超えた実力者達だが、魔人の実力は彼らを遥かに超えていた。

上位の魔族相手にいくら無双を誇ろうと、魔人には毛ほども通用しない。

三人は様々な攻撃の手を加えたが、魔人は剣の一振りで全てをかき消し、次の瞬間には皆、戦闘不能に追い込まれてしまっていた。

「お前達に恨みはないが、邪魔をするなら殺す」

魔人はゆっくりと歩みを進めると、その右手に握った剣に瘴気を纏わせていく。

それはまるで、燃え盛る炎のように揺らめくと、大気を歪めるほどに熱く、激しく膨れ上がっていく。

「まとめて、消し炭にしてやる」

魔人はラピスを乱暴に放り投げると、地面に倒れ込む三人に殺意の籠《こも》った眼光を放つ。

「ひっ……」

迫り来る死の恐怖に、ラピスが震え上がる。

逃げ出そうにも、身体が動かず、息をすることすら出来ない。

「よ……よもや魔人の実力がこれほどとは……ごほっ……」

エドが口から血を吐く。彼ですら魔人には敵わず、右腕を切り落とされていた。

「たすけて……ブライ……」

心が折れそうになりながら、エストが悲痛な声を漏らした。彼女の身体は魔人の猛攻によって、ずたずたに引き裂かれている。

もはや勝ち目はおろか、逃げ延びる術すらない。

エストは、動かすことも叶わぬ身体をかろうじて揺らしながら、わずかな希望にすがりつくのみであった。


「――分かった。あとは任せてくれ」

しかし、その絶望を打ち砕くように、銀色の一閃が魔人を切り裂いた。

＊

「かはっ……」

宙に血飛沫《ちしぶき》が舞った。

魔人に刻まれた、横一文字の傷がバチバチと帯電《たいでん》する。

「首を落とすつもりで斬ったんだがな……やはり、魔人相手じゃそううまくはいかないか……」

俺は深く息を吸い込むと、蒼銀の剣に紫電《しでん》を纏わせて、エスト達を庇うように構えた。

「ブライ……来てくれたの？」

「ああ。エストもラピスもありがとう……本当によく戦ってくれた。ここからは俺に任せて欲しい」

「う、うん……」

俺は二人とエドを戦いから遠ざけると、魔人を一瞥した。

「よもやこの俺に傷を負わせようとは……」

魔人が胸を押さえながら立ち上がる。

「お前のその魔力……本当にニンゲンか？」

「人聞きの悪い。人を化け物みたいに言うな」

それにしても凄まじいプレッシャーだ。

魔人を生で見るのは初めてだが、こうして対峙しているだけでも息が詰まる。

練り上げられた魔力も膂力《りょりょく》も人間の比ではない。かなりの力を誇る、ハーフエルフのラピスですら比較にはならないだろう。

「魔人と戦うなんて、想像しただけでも恐ろしいが、引くわけにはいかない。お前が今、手に掛けようとしたのは、俺にとってかけがえのない人達だ」

いや、ライトとかは別にどうでもいいのだが、まあそれは黙っておこう。

「フン。それでどうするつもりだ？」

「倒す……」

刹那——俺は地面を蹴り出して、魔人に斬りかかる。

「直線的な動きだ。舐めるなよ」

「舐めてない」

俺は全身に雷の魔力を巡らせると、稲妻の如きスピードで不規則な軌道を描いた。

「な……」

そして、縦横無尽《じゅうおうむじん》に宙を駆け、魔人に四方八方から斬撃を見舞ってやる。

「クッ……小癪《こしゃく》な……」

防戦一方になる魔人が、苦々しく吐き捨てた。

蠅《はえ》のようにたかる〝ニンゲン〟に嫌気が差したのか、剣を大きく振るうと周囲に禍々《まがまが》しい瘴気を放った。

「安易な選択だ。〝ニンゲン〟相手に慢心したな」

それは悪手であった。

俺と魔人の速度は互角か、やや俺の方が上だ。

そのような相手との戦いで、大技を放てば、当然隙が生まれる。

恐らく目の前の魔人は、人間離れした力を持つが故に、格下の相手を殲滅《せんめつ》した経験しかないのだろう。

だからこそ、この状況で選択を誤ったのだ。

「隙だらけだ!!」

「な――」

俺は、魔人の放つ瘴気の波をかいくぐり、一瞬でその懐に飛び込む。

そして、上段に剣を構えると、紫電《しでん》を纏った一撃を魔人に見舞うのであった。

「うぉおおおお！！！！」

魔人が大きな叫び声を上げた。

〝ニンゲン〟程度の力では、魔人に傷を付けることは到底、叶わない。

しかし、今の俺の力と、この剣が合わされば、その限りではない。

「まだ終わらない」

俺はその一撃に留まらず、幾十もの斬撃を魔人に見舞っては、空から雷霆《らいてい》を落とす。

通常の魔族であれば、とうに消し炭になってもおかしくない攻撃だが、相手は魔人だ。

俺は念入りに、魔人を消滅させせんと、何度も何度も、魔力の許す限り攻撃を加え続ける。

電撃を何度も見舞う内に、土埃《つちぼこり》が舞い上がって視界が遮られるが、俺は構わず雷を落とし続ける。

確実に息の根を止めるために。


「っ……はぁ……はぁ……」

数十の落雷の後、その場に膝をつく。

さすがに魔力を使いすぎたのか、一気に身体が重くなってきた。

「ブライ、大丈夫？」

エストが負傷した身体を押して、俺に声をかける。

「ああ、大丈夫だ。俺には魔力と体力を自動的に回復するスキルがあるからな」

ラピスが土煙の向こうを見やる。

「やったのでしょうか？」

「いや……死体を確認するまでは――」

俺はエスト達を後ろに下がらせて魔人の様子を見に行く。しかし、その直後――

「ガァアアア！！！！」

裂帛《れっぱく》の気合と共に、土煙を裂いて漆黒の影が飛び出してきた。

「なっ……」

影は凄まじい速度で雪原を突っ切ると、俺の方へとまっすぐ跳躍《ちょうやく》してきた。

俺は頭部を掴まれると地面に押し当てられ、そのまま力任せに引き摺《ず》られていく。

そして、魔人が村の方まで一気に駆け抜けたかと思うと、俺は防壁に思い切り叩き付けられた。

「かはっ……」

しかし、それで魔人の手が緩むことはなく、俺は首を掴み上げられてしまう。

「……っ……は、放せ…………！！」

俺は回復した魔力を練り上げ、自分の身体を中心に雷電《らいでん》を暴発させた。

「ぬぅっ……」

その一撃でなんとか魔人を引き剥がすことに成功する。しかし、こちらが受けたダメージは大きい。

「くそっ……」

魔人に叩き付けられた頭から、血がどくどくと溢れ出るのを感じる。

あれだけ雷を叩き込んだというのに、タフな魔人だ。

俺は、魔人の底知れない力を肌身で感じながら、スキルの力で傷を回復しつつ、なんとか身体を起こす。

「おのれ……まだこれほどの魔力を残していたか。しぶとい男だ……」

一方の魔人も、身体をよろめかせていた。

あの一連の攻撃を耐え抜いただけあって、魔人も無傷ではなかったようだ。

鎧と兜にはひびが入り、全身から血を垂れ流している。

「それがお前の顔か……」

わずかに兜の下の素顔が曝されていた。

まるで血の色のように禍々しい深紅の瞳ではあるが、一部とはいえ、その顔は我々人間とそう変わらないように見えた。

だが、決定的に違う部分もある。

魔人は、禍々しい漆黒の翼を広げていた。

魔族はもちろん、亜人にだって有翼の者は存在しないとされている。

一体、この魔人はどういった由来を持つのか。

興味はあるが、今はそれどころではない。

「……よもや、ニンゲン如きが私に匹敵する力を持とうとはな。ここまで虚仮《こけ》にされたのは初めてだ」

「だったらどうする？　雪辱《せつじょく》でも果たすか？」

「いや、己の矜持《きょうじ》のためには戦わん。使命と悲願のために、全力で戦う。ただ、それだけだ」

そう言って、魔人が宙に手を伸ばすと、魔力が急激に凝縮されていった。

「なんだあれは……」

それはまるで闇の太陽であった。

側にいるだけで身体の芯から焼き焦がされそうなほどに、熱い。

「ニンゲン、お前は確かに強かった。だが、所詮は〝弱き者〟だ」

魔人の底なしの魔力が引き出されて、太陽が更に大きくなっていく。

「つ……ぁ……」

焦熱《しょうねつ》に当てられて、みるみる体力を失っていく。

あんなものをぶつけられたら、俺もみんなも村も、ひとたまりもない。

「くそっ……」

俺も体内に残された魔力を、ありったけ絞り出そうとする。

しかし、まだ完全に魔力は回復しきっていないため、あの太陽をかき消すには足りない。

「駄目なのか……」

圧倒的な魔力の差に、諦めそうになったその時……

「させない!!」

少女の声と共に、大気が凍りついた。

「一体、なにが……？」

周囲を見回すと、辺り一帯に、凄まじい冷気の奔流が巻き起こっていた。

それは、黒い太陽を搦め捕るように覆うと、その威力を徐々に弱めていく。

「何者かは知らんが、無駄なことを……」

突然の出来事に苛立つ魔人は、魔力を練り上げる。

同時に、黒い太陽がわずかに膨れ上がった。

しかし、太陽を覆う冷気は、その膨張すらも押さえ込み、やがて完全に太陽をかき消してしまった。

「私の魔力を上回るだと……？　そんな馬鹿なことが……」

信じられないといった様子で、魔人が呆然とする。

その直後、光の鎖《くさり》が魔人の全身を拘束した。

「な……くっ……は、放せ!!」

魔人が必死に抵抗するが、鎖はびくともしない。

「冷気に光の拘束術……まさか……」

間違いない。これはエストとラピスの魔法だ。

「ブライ、あとはお願い!!」

「魔人は私が押さえます、ですからトドメを!!」

「お膳立《ぜんだ》ては整えた。あとは頼むよ」

エスト、ラピス……そしてレヴェナントの声が響いた。

「そうか。これがお前の奥の手か」

どういう理屈かは分からないが、三人が時間を稼いでくれたお陰で、俺も十分に魔力を回復出来た。

「助かった……!!　あとは俺に任せてくれ」

俺は深呼吸をすると、蒼銀の剣を天に掲げた。

今の攻撃で三人とも力を使い果たしたようだ。

そうなると、この一撃が奴を仕留める最後のチャンスとなる。

俺は全身の魔力を練り上げると、雷雲を呼び起こす。

「俺が無事で済むか分からないが、ここは出し惜しみはなしだ」

これまでの比ではない。雷神《らいじん》の一撃ともいうべき衝撃が頭上の剣に降り注いだ。

同時に、俺の全身から紫電《しでん》が迸《ほとばし》る。

「それが貴様の奥の手か……だが、その程度の威力では、私は倒せん」

魔人も剣を構えた。

そして、俺の攻撃を真っ向から圧し潰そうと、禍々しい漆黒の炎を纏い始める。

「誰が一発で終わりだって言った……」

限界を超えて更に魔力を絞り出すと、それに呼応して、天から放たれた無数の雷霆が、俺の剣に収束していく。

「面白い!!　ならば私も全力を尽くそう!!」

まるで互いの気迫に共鳴するかのように、俺たちの魔力が一気に増幅する。

極限まで膨れ上がった紫電《しでん》と黒炎が鳴動し、やがて周囲の大地が激しく揺れ始める。

「行くぞ……!!」

俺たちは同時に地面を蹴る。

「うぉおおおおおおおおおおおおおおおおおおおお！！！！」

そして、天を衝《つ》くほどに巨大な雷霆《らいてい》と黒炎が合一する。


「……っ……ぁ……ごふっ……」

目の前で魔人が血を吐いた。

「くっ……」

一方の俺も、剣を地面に突き刺し、それを支えに腰を落とす。

「仕留め……きれなかったか……」

こちらも、全身の力を振り絞ったために、身体に力が入らない。

「本当に……しぶといな……」

魔人は危険な存在だ。だから俺も手を抜いたつもりはない。

しかしそれ以上に、魔人の生命力は凄まじく、俺はトドメを刺すことが出来なかった。

「……っ……ここは……素直に負けを認めよう……」

魔人がぼそりと呟いた。どうやら向こうもこれ以上の余力はないようだ。

「私はニンゲンを侮り……己の力を過信した。この敗北は必然だ」

魔人というのは、普通の魔族以上に話の通じない凶暴な生命体だと思っていたが、意外なことに、この魔人は素直に敗北を認めた。

「……私の名はガルデウス。《死蠍《しかつ》》のガルデウスだ。ニンゲン、貴様の名前を教えろ」

「ブライ・ユースティアだ」

「ユースティア？」

俺の名を聞いて、ガルデウスがわずかに反応した。

「まあ、良い。ブライ、貴様の戦いぶり見事であった。しかし、私とて魔人の誇りがある。次に見《まみ》える時はその首、必ず落とさせてもらう」

「また来るってことか……勘弁願いたいな」

今回は薄氷《はくひょう》の勝利だ。次に戦う機会があれば、どうなるか分からない。

「フッ……」

ガルデウスは俺の言葉に一笑すると、やがて背を向け、いずこかへと転移する。

どうやら、目下《もっか》最大の危機は去ったようだ
「うおおおおおおお!!　ブライが魔人を倒したぞ！！！！」

直後、歓声が上がった。

どうやら村の人達が今の戦いを見ていたようだ。

「やったよ、ブライ!!　あんな凶悪な魔人を追い払うなんて凄いよ」

エストが駆け寄ってくる。

治癒魔法のお陰か、ある程度傷がふさがっていた。

良かった、酷い怪我にならなくて。

「二人と、それにレヴェナントのお陰だ。一体、どうやったんだ？」

最後の最後で放たれた魔法、あれは魔人にも匹敵するほどの威力だった。

瀕死《ひんし》の二人がどうやってあれほどの魔法を行使出来たのだろうか。

ラピスが首を振る。

「分かりません。でも、一つ明らかなのは、あなたが無事で良かったということです」

「俺も、二人が無事で良かったよ……」

魔人を相手に、一人も仲間を失わなくて良かった。

そう思うと、安堵のあまり身体の力が抜けていった。

「……疲れた……な……」

そして、俺はゆっくりと意識を手放すと、地面に倒れ伏すのであった。

第七章

魔人自体は強力だったが、侵攻の被害はそこまで酷くはなかった。

他の魔族の攻撃は、レオナの用意した《タレットオーブ》とギルド【月夜の猫】によって抑えられ、魔人の脅威も、なんとか前線で食い止めることが出来た。

一方、レヴェナントの奴は、俺が目を覚ますともういなくなっていた。最後にエスト達が放った魔法の威力は、彼女達の実力を遥かに超えるものであった。一体、どんな手を使ったのか尋ねたかったのだが、どこまでも気ままな奴だ。

いずれにせよ、みんなの協力のお陰で、エイレーン村は平穏な日々を取り戻したのだ。

「ブライ、本当にありがとう」

城の地下でレオナが深々と頭を下げた。

「両親を亡くした私にとって、この村はもう一つの故郷と同じだった。素性も事情も明かさない私に住む場所と、食べ物までくれて、受け入れてくれた……だから、そんな彼らを守ってくれて本当に感謝してる」

「俺も助けられて良かったよ」

俺が今、こうして穏やかに過ごせてるのはこの村が受け入れてくれたからだ。

初めてこの村に来た時、セインさんは自分も苦しいというのに、食料を分けてくれた。この村はどんな人間だって受け入れる、懐の深さを持っている。そんな村を守り通せたのは、本当に嬉しい。

「それにしても……ついこの間、突然この城が出現して、あなたがやってきた。そして、こうして魔人を打ち倒してくれたなんて、なにかの導きを感じるわね」

確かに、スキルが目覚めてからこれまでの出来事を振り返ってみると、俺はまるであの魔人を倒すために導かれたような気がしてならない。

「そうかもな……」

それがなにを指すのかは分からないが、このエイレーンに迫る危機を解決したくて、誰かがその【ログインボーナス】の声は、俺には〝適性〟があると言っていた。

〝適性〟とやらを持つ俺を呼び寄せたのかもしれない。

「それで、ブライ。これからどうするつもりなの？」

「どうするって？」

「あなたは、別にここに移住しに来たわけじゃないでしょう？」

確かに俺の当初の目的は観光だ。

その後、成り行きで村の復興と魔人退治を手伝ったが、その先のことはまだ決めていなかった。

「私としては……あなたがこれからもいてくれると嬉しいけど……」

「え……？」

レオナが頬を赤く染めながら、そう言った。

「あなたとエスト、ラピスはどこにでも行けるかもしれないけど、私はこの村から出られないから」

「レオナ……」

そうだ。彼女がこの村にいるのは、深刻な事情があるからだ。成り行きで流れ着いた俺たちとは状況がまるで異なる。

「……まだこれからのことはなにも決めてないが、一度王都に戻ろうと思う」

「そう……」

レオナが寂しげな表情を浮かべる。

「だけどな。必ず戻ってくるよ。少なくとも君の問題が解決するまでは、俺は君を放っておくつもりはない。エスト達だって賛同してくれるはずだ」

「本当……？」

「ああ、だから少しの間待っててくれ。必ず帰ってくるから」

「うん‼」

レオナが笑った。

普段はラピス以上に感情の変化を見せない彼女だが、今の彼女の笑顔はとびきりいい笑顔だった。

＊

数日後、俺はエストとラピスを連れて、ノーザンライト駅にいた。

別に王都に良い思い出があるわけじゃない。

俺が生まれ育ったのはもっと辺境の田舎だし、あそこで冒険者をしていたのはただの成り行きだ。

それでも俺は、一度あの街に戻ることに決めた。

帰りの列車も押さえていたし、引越しのための準備もなにもしていなかった。

それに、どうしても戻らないといけない理由が一つあった。

「ブ、ブライ、これなに？　なんなの？」

エストの興奮した声が響いた。

「そうか。見るのは初めてだったな」

どうやら列車のような輸送手段は、彼女の住む時代にはなかったらしい。

エストは初めて見る列車を前に、年相応の少女らしくはしゃぐのであった。

「これはな。鉄道といって、決められた線路の上を高速で走る、馬車の上位版みたいなものだ」

「この建物が走るの？」

建物……なるほど、列車の概念がないとそういった風に認識するのか。

「ああ。そして、今から俺達はこれに乗るんだ」

「ほ、本当に!?」

エストがまるで幼子《おさなご》のように目を輝かせる。

彼女のいた時代の文明がどのようなものかは分からないが、どうやら鉄の塊《かたまり》が大地を走るという光景は、彼女にとっては非現実的なもののようだ。

「その点、ラピスはクールだな」

エストと違ってラピスは特にはしゃぐ様子はなかった。

ずっと森の中で暮らしてきたと言っていたし、さすがにラピスも見るのは初めてなのだろうが……

「ん？」

なんとなく俺はラピスの方へと目をやった。

「こ、これに今から乗るのですか……!?」

すると、ラピスが両手を握り込んで、目を輝かせていた。

「お前もかよ」

俺が勝手にクールだと思っていただけで、意外とラピスも子供っぽいところがあるのかもしれない。

結局、帰りは三等車両を三席押さえることにした。手配してくれたアリシアさんには申し訳ないが、一等車両の席は切符が買えずに困っていたご婦人に、譲り渡した。

「凄いね、ブライ。外の景色があっという間に過ぎ去っていく……」

先ほどからエストは窓に張り付きっぱなしだ。

初めての車窓からの景色に、すっかり釘付けのようだ。

「ちらっ……ちらっ……」

一方、ラピスもしきりに視線を横に滑らせては、窓の外を眺めていた。

「そこまで気になるなら堂々と見ればいいのに」

俺はつい思っていたことを言葉にしてしまった。

「な、わ、私は別に気になっていません。ただ少し、外の景色が見たいなと思っただけです!!」

それを気になっていると言うんじゃないか？

「そっかそっか、そうだよね。ラピスちゃんも見たいよね。よし、ほらほらブライ、どいたどいた」

「お、おい……なにを……」

突然、エストが俺の脇をくすぐり始めた。

「お……うわ……や、やめろ」

そうして無理矢理、俺を窓際から離すと、エストは空いた席にラピスを座らせた。

これで四席の内、俺が通路側に追いやられて、二人が窓際に座る形となった。

「まったく、言えばどくって……」

少し抗議めいた口調でそう呟いたが、二人は全く聞いてないどころか、窓にキスでもするのかという勢いで外を覗き込んでいた。

「よほど気に入ったみたいだな」

俺はしばらく、そんな彼女達を微笑ましく眺めるのであった。

「ねえ、ブライ。大陸中がこの線路で結ばれてるの？」

「いや、まだ一部の主要都市を結ぶ程度だ。俺も冒険者になっていなかったら乗る機会なんてなかったかもしれないな」

「私、この世界がこんな風に遠くに繋がってるなんて知らなかった。学院の中の景色しか知らなかったから」

「確かエストは学院に通ってたんだよな？」

「うん、物心ついた時にはそこにいて、同じような歳の子達と、魔術を学んでた。だから外の世界のことはあまり知らないんだ」

学院か……南の方には古くから続くウィンフィールド魔法学院と呼ばれる機関があるが、果たしてそれと関係はあるのだろうか。

「いつかエストとラピスの過去も聞きたいな。どんな時代、どんな文化だったのか、俺達と同じような感じなのかそれとも全然違うのか。とても興味がある」

「いいよ。私は学院のことしか知らないからあまり楽しい話はないけど、ブライが望むなら」

「私は両親とのささやかな暮らししか知らないですけど、それで良ければ。でも、今度はちゃんと、ブライのことも聞かせてくださいね。また、私だけ仲間はずれは嫌ですから」

そう言って、ラピスが拗ねたような表情を浮かべた。

「ラ、ラピスさん……前にギルドのことを話さなかったのは、タイミングが悪かっただけで、わざと仲間はずれにしたわけじゃないんですよ？？」

あの時は、ライトが目の前にいて、話しづらかっただけだ。決してのけ者にしようとか、そんなつもりじゃなかったのだ。事実、ラピスには改めて前のギルドのことも話してある。

「分かってますよ。でも、ちゃんと聞かせて欲しいのは本当ですからね」

「分かった。ギルドのことも、ギルドに入る前のことも、機会があれば話すよ」

そうして、俺達はゆったりとした時間を過ごしながら、鉄道に揺られていった。


「ここがブライがいた街？」

「ああ、エルセリア王国の王都スノウウィングだ」

雪の降りしきる寒冷地帯ではあるが、エイレーンやノーザンライトに比べたら、まだまだ穏やかな方だ。

「大きい街だね。建物も高いし、露店も一杯。それに、見たことない乗り物が走ってる」

エストの視線の先にあるのは、レールの上を進む自動車であった。

「乗り物……ああトラムのことか。広い街だからな。ああして魔力で動く乗り物を走らせて、要所を結んでいるんだ」

子供の頃はあんなものなかったが、ここ数年、魔力の効率的な運用と、大容量のバッテリーが開発されたことで、ああいった魔導具も見られるようになった。

ここは王都だけあってかなりの広さだから、トラムで街の端から端まで移動出来るのは本当に便利だ。

「まあ、ここはそこそこ発展しているから、もっと物珍しいものが見られるかもな」

「そうなんだ、とても楽しみ」

そう言ってエストは屈託のない笑みを浮かべた。

彼女の裏表のないストレートな感情表現に、俺は安らぎのようなものを感じる。

「しかし……」

俺はラピスの方へと視線をやった。

「こうして改めて見ると新鮮だな」

ラピスは、これまでのエルフらしいシルクの服装から、街に溶け込めるような服装に着替えていた。

赤を基調としたエレガントなコートを羽織《はお》り、頭にはコートと色を合わせたベレー帽、目元には眼鏡を掛けていた。

そして、魔法で変えたのだろうか、髪はすっかり黒く染められ、特徴的な耳も普通の人間のように変化していた。

「あ、あまりじろじろ見ないでください」

ラピスは着慣れていないのか、とても恥ずかしそうにもじもじしていた。

「すまない。よく似合ってるから」

エストも首を大きく縦に振った。

「うんうん。今のおしゃれとか分からないけど、本当によく似合ってる!!」

「そうですか？　母の服なのでよく分からないです」

「随分と、現代的な母親だったんだな」

エルフというのは、伝統を大事にして古風な暮らしを好むものと聞いた。

しかし、ラピスの母は新しいものを好む方だったらしい。

さっき列車を見て目を輝かせていたのも、そういう血筋だからなのかもしれない。

俺は楽しそうに連れ立って歩くエストとラピスの背を眺める。

これからどうしていくかは決めていないが、願わくばこうしてエストとラピス、ここにいないレオナやアグウェルカ、ロイと一緒にいられたらな、と心の中で願う。

「ブライさん、戻られたのですね……」

そうして歩いていると、ふと懐かしい声が俺を呼び止めた。

「アリシアさん……？」

声の方へと向くと、そこにはシスターのアリシアさんがいた。

「まさか、こんなに早く会えるなんて」

王都に戻ってきたのは、彼女に会ってお礼を言うためだった。

「ええ、私もすぐに見つけられて良かったです」

「見つけられてって……もしかして俺を待っていてくれたのか？」

「はい、帰りの切符は今日でしたから」

そう言って、アリシアさんはそっと微笑んだ。

「ちょっとブライ……」

その時、エストが俺の服をつまんだ。

「この綺麗な人、誰？」

心なしかエストの視線が冷たい。

まさか、なにか誤解をしているのか……？

「もしかして、恋人だったりとか……？」

おっと、本当に誤解していた……

「違うって、彼女はアリシアさん。この街のシスターで、俺がお世話になった人だ」

「そっか、ブライに旅行を勧めてくれた人だったんだ。初めまして……えーっと……」

エストとラピスが軽く自己紹介をする。

「エストさんに、ラピスさん、素敵なお名前ですね。私はアリシアと申します。お二人ともよろしくお願いしますね」

そう言ってアリシアさんが深く一礼した。

「ですが、ブライさん……」

アリシアさんの視線が俺に注がれる。その瞬間、周囲の空気が冷えたような気がした。

「な、なんですか、アリシアさん？」

俺は恐る恐る尋ね返す。

「……旅行に行くという話が、どうしてこんなに可愛い女の子を、それも二人も連れて帰ることになったんですか……？」

なんだかアリシアさんも、抗議めいた視線を飛ばしているような気がする。いや、気のせいだよな？

「それは……話すと長くなるというか……」

どこから話したものか。しっかりとした説明をしないとまずい気がする。

王都に戻ったら、アリシアさんに話したいことは多々あったはずなのに、急にその機会が訪れたとなると、どう話したら良いか分からない。

「少し、いえ、かなり気になります……ですけど、今は置いておきます。実は、私がブライさんを探していたのは、ブライさんに会わせたい方がいるからなんです」

「会わせたい方？」

それはまた、急な話だ。

まさか、ギルド長辺りにイヤミでも言われるわけじゃないだろうな。

「用件は先日の、エイレーン村への襲撃の件です」

「エイレーン……？」

恐らくは村を襲った魔人のことを言っているのだろうが、それにしても耳が早すぎやしないだろうか。

「《死蠍《しかつ》》の名を冠《かん》するS級魔人ガルデウス。人類の生活圏に彼がその姿を現すのは実に数百年ぶりです」

そんなに長生きだったのかあいつ。なぜだか、そんなどうでもいいことが気になった。

「ですが、その脅威は一人の冒険者とその協力者達によって追い払われました。私は、それを為した英雄を迎えにここへやってきたのです」

「英雄って……大げさな」

アリシアさん、持ち上げすぎですよ。なんだか面映《おもは》ゆい。

「大げさでもなんでもありません。まさか、ブライさんが魔人を倒してしまうなんて。最初に話を聞いた時は、心配と安堵の気持ちがいっぺんに押し寄せてきて……4キロほど痩せてしまいました……」

それこそ大げさな。

「あまり変わってないように見えるけど……」

俺がじーっと見ていると、彼女は急にそわそわし出した。

「と、とにかく、今回は王家と聖教会の代理として、あなたをお迎えに上がりました。国王陛下《へいか》と教皇猊下《きょうこうげいか》がお待ちです。どうか一緒に来てくださいませんか？」

「国王に教皇!?」

彼女の口から出たのは、とんでもない肩書きであった。

何やら相当な大事になってしまったようだ。

＊

アリシアさんに連れられてやってきたのは、スノウウィング城であった。

「よく来てくれた、ブライ殿」

謁見《えっけん》の間への道中、案内をしてくれたのは、なんと【月夜の猫】の新人、エドであった。

「アリシア殿、ブライ殿を連れてきてくれて感謝する」

「い、いいえ。その……エ、エド殿こそ、わざわざお出迎え頂き、光栄の至りです」

アリシアさんがめちゃくちゃかしこまっている。

「いやあ、また会えて嬉しいよ、ブライ殿。エイレーンではあまり話せる機会もなかったからね」

「俺もまさか、あんたに会えるとは思わなかった。あの時は世話になったよ。エストもラピスも大怪我をせずに済んだのはあんたのお陰だ」

「ブ、ブライさん、いくらなんでも、少し気安いのでは……」

一方のアリシアさんは顔面蒼白《そうはく》といった様子だ。一体どうしたんだ？

待て。実はこの男、かなり偉いのか？

「ああ、そうか。確かあんた騎士団の関係者か。もしかして相当の地位だったりするのか？　すまない、不調法で……」

「フハハハ、あまりそういったことは気にしなくて良い。私は、堅苦しくされるのが苦手でね。気軽に接してくれる方が助かるというものだ」

そう言って、エドは豪快に笑い飛ばした。

さて、そうして談笑している内に、謁見の間の前に到着した。

この先にいるのはこの国で最も偉い人間だ。さすがに少し緊張する。

「ブライ殿と仲間達をお連れしました」

アリシアさんの声と共に、門が開かれる。

謁見の間へと通されると、俺達は玉座《ぎょくざ》の前へと連れられる。しかし……

そこに二つの玉座が置かれているのだが、片方には萌葱色《もえぎいろ》の髪の高貴な女性が座っているものの、もう片方の玉座が空いていた。

「どういうことだ？」

「はぁ……」

そして、高貴な女性は呆れたようにため息をついた。

「エドモンド王、悪ふざけはそこまでにしなさい」

女性が諌めるようにそう言った。エドモンド王とはこの国の王の名前だが……

ん？

いや、待てよ。

「〝エド〟モンド王……？」

俺はとんでもない考えにたどり着いてしまう。

「エド……もしかしてあんた……」

「うむ、その通り」

エドは爽やかな笑みを浮かべると、ゆっくりと前へと歩いていき、空いていた玉座に座った。

「ア、アリシアさん、もしかして知ってたのか？」

「……はい。その、国王陛下には黙っているようにと……ごめんなさい、ブライさん」

そう言って、アリシアさんが深々と頭を下げた。

「いや、隠してたことは気にしてないけど、まさかエドが……」

確かに、いくら騎士団のお偉いさんだとしても、アリシアさんのエドへの恐縮具合は異常だった。

しかし、エドこそがエドモンド王だというのであれば、それも合点《がてん》がいく。

「ハハハハ、改めて久しぶりだね、ブライくん。こうして再会出来て嬉しいよ」

言われてみれば、今日のエドの服装も、その一挙手一投足も、王族らしく上品で優雅であった。

しかし、持ち前の暑苦しさから、その可能性を完全に頭から排除していた。

「どうだね、驚いただろう？　冒険者のエドは私の仮の姿だ、フハハハハ」

そう言ってエドは豪快に笑い出すのであった。

「こ、これは失礼いたしました」

俺はすぐさま膝をつく、まさかあのエドが国王だったとは。

わ、分かるわけないだろう。そんなの……

そもそも、俺の貧困な王族イメージでは、でっぷりと太った脂《あぶら》ぎったおっさんしか出てこない。

まさかこんなハッスルしたごつい男が、そうだとは思わない。

「へ、陛下におかれましては、ご機嫌麗《うるわ》しゅう。それで、自分をお呼びになったのは、一体どういった事情でしょうか」

さすがにこの国の主の前だ。

俺は、いつものぶっきらぼうな話し方を抑えて、かしこまった口調に変える。

「先ほども言ったが、堅苦しい挨拶は良い。それよりも、先日は助かった。たった一人で魔人を撃破するとは、実に大したものだな!!」

「それは、国王陛下と、こちらにいる二人が魔人を消耗させてくれたお陰です。お互いに万全な状態であったならば、結果は逆だったかもしれません」

「ガハハハハ、随分と謙虚《けんきょ》じゃないか。やはり、件の依頼は【月夜の猫】ではなく君に任せるのがいいだろうな」

【月夜の猫】――俺をクビにしたギルドの名前が、どうして急に出てきたのだろう。

「エドモンド陛下、依頼というのは、一体？」

「そうですよ、エドモンド。相手の話を聞かずに一方的にことを進めようとするのは、あなたの悪い癖です」

エドモンド王を隣にいた女性が諌めた。

「リゼ姉《ねえ》……申し訳ない」

「公《おおやけ》の場です。その呼び名はやめてください」

「も、申し訳ありません。リーゼロッテ教皇猊下」

あのエドがまるで弟のように頭を下げている。

なかなか、お目にかかれない光景だ。

それにしても、教皇猊下か……

この世界で最大の宗教組織、グリューネ聖教会。教皇とはその聖教会をまとめる指導者のことだ。

「ここまでの案内ご苦労さまでした、アリシア」

「いえ、これも聖教《せいきょう》騎士団の務めですので」

聖教騎士団？

一体、どういうことなのだろう。

「すみません、ブライさん。今まで隠していましたが、私の本来の身分は、聖教騎士団所属の騎士なのです。魔人に対抗しうる人材を求めて、この街の教会に勤めていました」

「……アリシアさんが、聖教騎士……？」

聖教騎士団は、聖教会の総本山がある、グリューネ聖教国に所属する騎士団だ。聖教国の防衛や、時には使命を代行する、実力者の集団である。

まさか、アリシアさんがそこの所属だったとは。

全く、想像だにしていなかった。

「すみません、ずっと隠していて」

「いや、別に気にしてないよ。でも、驚いたな……」

「本当に隠し事ばかりで、ごめんなさい……」

アリシアさんが深く頭を下げる。なんだか今日は謝られっぱなしだ。

「大丈夫。驚いただけで、怒ってるわけじゃないよ。それに、聖教騎士って立場なら隠しててもおかしくないし」

「でも、ブライさんに隠し事だなんて……本当に心が苦しかったです……本当は包み隠さず話したかったんです……!!」

それはまずいのでは……？

「ま、まあまあ、あまり気にしないで。それよりも、俺が呼ばれた理由が気になるんだけど……」

「そうですね、そろそろ本題に入るとしましょう」

教皇と呼ばれた女性がそう言って、話し始めた。

「初めまして、ブライ殿。私は教皇リーゼロッテ、聖教国と聖教騎士団を束ねています」

この国の王に聖教国の教皇、随分と位の高い者達が勢揃いし、俺は少し緊張する。

「先ほど、エドモンド王が話された件の続きですが、我らグリューネ聖教会はかねてより魔人からの人類の守護を使命としてきました」

聖教会は、古の時代から魔族や魔人を、人類とは異なる邪悪な生命体と定義し、その掃討《そうとう》に力を入れてきた。

歴史においても、人類の生活圏に魔人の脅威が迫った時、いつも聖教会の主導で大規模な遠征軍が組織されている。

その使命は現代でも続いているのだろう。

「そして我々は、各国と連携することで、暗黒大陸への玄関口となる四つの《回廊《かいろう》》に封印を掛け、彼らの侵入を抑えて参りました。しかし……」

リーゼロッテ教皇がエドモンド王に視線をやった。

彼を責めているように見える。

「あー、コホン。その、恥ずかしながら、我が国も《北の回廊》の管理を任され、結界の維持に努めてきたのだが……実は結界を直接管理するノーザンライトが、その維持の役目を放棄していたことが判明したのだ」

「なんですって……？」

魔族の領地と繋がる場所だというのに、その管理を放棄していた？

ということは、エイレーンの住人が魔族の侵攻に曝されていた本当の理由は……

さすがに、呆れてしまう。

「……お言葉ですが、その管理放棄の尻拭いをエイレーン村の者達がさせられたというのが、今回の事件というわけですか？」

俺は不敬だと理解しながらも、思っていたことを口にする。

たとえ国王陛下が相手でも、そのことを見過ごすわけにはいかない。

「ブ、ブライさん、もう少し言葉を選んで――」

「良い」

俺を窘めようとするアリシアさんの言葉を、国王が遮った。

「ブライくんの言う通り、これは我が国、つまりは国王である私の責任だ。本当にすまない」

国王は、玉座から立ち上がると、深く頭を下げた。

「ブライ殿……こんなことを話しても、納得はしないかもしれませんが、エドモンド国王は、そのことを酷く悔いておられました。ですから、危険を承知で自らあの魔人に挑んだのです」

リーゼロッテ教皇がフォローを入れる。

確かに、国王自ら前線に立つというのは、彼らしい責任のとり方ではある。

「だが、私の力は及ばなかった。後事《こうじ》を託《たく》せる娘もいるが、軽率な行いだった」

「ええ、それはその通りでしょう」

「え……？　リゼ姉、そこは〝違うよ〟とか言って擁護するところでは……」

「なにを言っているのですか、バカモンド国王。心意気は買ったとしても、為政者《いせいしゃ》としての意識に欠けているのは事実でしょう？」

「また、バカモンドって言う……」

なんというか、教皇はぼろくそに国王をけなしていた。

「……………ええと、教皇猊下。その、話の続きを」

アリシアさんが困ったように進言する。

「コホン。話が逸れましたが、このまま状況を静観するつもりはありません。そこの男が即位してから数年が経ち、ようやく聖教会と王国の協力体制が整ったのです。そこで私達は、かねてから計画していた、《北の回廊》の再建に着手することを決意しました」

「具体的には、結界の再構築を行うつもりだ。無論、準備には相当な時間を要するため、その間は騎士団を派遣して、《北の回廊》の防衛に努める。そしてその手伝いを、最近活躍がめざましい【月夜の猫】に依頼しようと考えていたのだが……」

なるほど。そこで【月夜の猫】の名前が出てくるわけか。

「しかし、そこに君が現れたのだ。魔人を撃退するほどの腕を持つ君ならば、戦力として申し分ない。そこで我々は、君に防衛の手伝いをお願いしようと思ったのだ」

「手伝い……ですか？」

「もちろん、報酬は十分以上に出す。聞けば先日、件のギルドをクビになったそうだな？　ならば、我々の提案、君にとっても渡りに船だと思うが」

確かに今後の生活のことはなにも決まっていなかった。

一度戻りはしたが、この街に未練などない。

ならば、新たな生活に身を置くのも一つの道だ。

国の怠慢であの村が危機に曝されていたことは、到底許せることではないが、少なくとも、状況を改善したいという国王の熱意は本物のようだ。

ならば、それに協力するのも悪くはないだろう。

「防衛のお手伝いということであれば、是非お受けしたく思います」

「おお、受けてくれるか」

「ですが、一つお願いしてもよろしいでしょうか？」

俺は失礼と思いながら、そんなことを口にした。

「うむ。なんでも言いたまえ」

「《回廊》の再建も重要ですが、《回廊》の管理不足で魔族の侵攻に脅かされてきたエイレーンの傷は、計り知れないものです。わずかな間とはいえ、あの村に世話になった身として、その復興を手伝いたいのです」

「……確かに、あの村には本当に辛い想いをさせてしまった。国として、為政者として、私は彼らに償《つぐな》いをしなくてはいけない」

国王も、村の復興が重要だという点については、反対する様子はないようだ。

「無論、急を要する場合は、《回廊》の防衛に努めさせてもらいます。ですが、あの村が立ち直れるまでは、どうかお願いします」

エドモンド王が教皇リーゼロッテと顔を見合わせ、静かに頷いた。

「どのみち《回廊》の結界が再構築された後も、常駐する騎士や冒険者は必要となる。そうなるとその宿場町としての役割を担う村も必要となるだろう」

「それでは？」

「うむ。我々は、ブライくんの要望に応えよう。当然、村に必要な物資も提供するつもりだ。その代わり、非常時には我々に力を貸してくれ」

「はい、お任せください」

そうして俺は、村の復興に加えて、北の防衛という新たな目的を得るのであった。

＊

国王と教皇との謁見を終え、俺達はエイレーンへの帰路《きろ》についた。列車の中で俺は窓の外を見る。

帰路……か。

いつの間にか、王都ではなくあの村が、俺の中の帰る場所になっていることに気付いた。

「ブライ、見て。手紙が届いている」

ふとした気付きに感慨を抱いていると、エストが車内に置かれた机の方を指差した。

そこには、一通の見知った封筒が置かれていた。

――ありがとうございます。あなたが魔人を撃破したお陰で、エイレーンの地に、一時の安寧《あんねい》が取り戻されました。

「これは……」

今までと違って、そこにはただ礼が綴《つづ》られているだけであった。

――あなたを勝手に巻き込んでしまい、申し訳なく思います。面倒事に巻き込まれた形になったというのに、あなたはこうして私に力を貸してくれました。勝手な願いではありますが、これからもどうか力を貸してくださると嬉しいです。

これまでの無機質な文言とは異なり、今回のはなんというか、気持ちの籠った手紙であった。

俺に目覚めた謎のスキル【ログインボーナス】、それはまるで俺をあのエイレーン村に導くようにその効果を発揮してきた。

「本当に謎だらけのスキルだよな……」

名前の由来も分からなければ、誰が俺に与えたのか、なんで俺が使えるのか、手紙と声の主が誰なのか、その二人は同一人物なのか違うのか、なにもかもが分かっていない。

だが、一つだけ分かっていることがある。

「エストやレオナ、ラピス、ロイにアグウェルカ、みんなと出会えたのも、落ち着いた住処を手に入れられたのも、あの魔人に対抗出来たのも、全部これのお陰なんだよな……」

どん底の俺を救ったのは、このスキルなのだ。

ギルドに捨てられ途方に暮れていた俺だが、村に流れ着いてからみんなと過ごした日々は悪いものではなかった。

この手紙の主は、自分ではどうにもならない状況で俺に頼ってきたのだろうが、結果としてそれは俺のためにもなっていた。

ならば、その望みの手伝いをすることで、俺に出来る恩返しをしよう。

それに、俺は楽しみなのだ。このスキルで他になにが出来るのか、それを想像するだけでわくわくする。

俺は感謝が綴られた手紙を眺めながら、これから村をどうしていくか、じっくりと考えるのであった。

＊

「クソッ、ブライめ……!!」

酒場で一人の男が悪態をつく。

それはギルド【月夜の猫】でエースを務める、槍使いライトであった。

「ちょっと、ライト。飲みすぎじゃない？」

酔った彼をセラが介抱しようとする。

しかし、ライトはその手をすげなく払う。

「うるさい。俺の金だ。どう使おうと俺の勝手だろう」

先ほどから何本ものボトルを空け、ライトは浴びるように酒を呑んでいた。

「あの忌々《いまいま》しいブライめ。とうとう俺達の仕事を奪いやがった」

「本当酷い話よね。折角の国からの依頼だっていうのに」

ここしばらくの【月夜の猫】は非常にうまくいっていた。

そこそこ大きな依頼をいくつも成功させ、依頼主の信頼を勝ち得て、財政的にも潤《うるお》っていた。

しかし、国からの大きな依頼がお流れになったせいで、彼らは報酬のあてがなくなってしまったのであった。

「終いには、国に補助金の件で目を付けられて、俺が積み上げたギルドの功績も全部パァだ!! おまけにあのクソ親父、デカい依頼が入るからとギルドの金を使い込んでいやがった。お陰で俺達は毎日、依頼探しに奔走している。なにが猫探しにドブさらいだ!! あんなの俺たちのやる仕事じゃねえ!! クソッ……誰の目にもあのハゲ親父が無能なのは明らかだったが、まさかこんなことになるとはなっ……!!」

ライトがバンッと机を叩く。

とうとう、ずさんな財務管理のツケが回ってきたのだ。

これまでは、補助金と少なくない依頼のお陰で経営も回っていたが、今の状態が続けば容易に破綻するだろう。

「ブライを追い出したのは、やっぱり間違いだったんじゃ……」

弱気にそう呟いたのは巨漢のガルシアだ。

「ふざけるな!! あんな男、今更使えるわけないだろう!!」

「だけど、あいつ魔人を倒したんだぜ?」

「ふん、お前はその場を見ていたのか? どうせデタラメな作り話だろう」

「いや、まあ、俺らは気絶しちまってたけどよ……でもギルドの奴らもブライを戻そうって言ってるぜ。今の俺らにはあいつが必要なんじゃないか」

「黙れ!! お前まであんな無能の肩を持つのか」

激昂したライトが槍を取り出した。

「ちょ、ちょっと、ライト……おかしくなったの!?」

「二人とも失せろ!! ギルドのリーダーは俺だ。あの無能に代わって、誰が支えてやったと思ってるんだ!!」

しかし、彼を見る二人の目は冷ややかであった。

「分かったよ、ライト。だが、頭を冷やして考え直してくれ」

ガルシアはセラを連れて酒場を去る。

周囲の客達も、何食わぬ顔で、その場を離れていく。

遠くでは、騒ぎを眺めていた店主がそっとため息をついていた。

「クソッ、みんなして俺のことを馬鹿にしやがって……」

「随分と、お怒りのようですね」

いつの間にか、ライトの背後には黒衣《こくい》の男が立っていた。

「失せろ。人と話す気分じゃない」

ライトは不穏な気配を察したのか、まともに取り合おうとしない。

「そうおっしゃらずに。随分と荒れていらっしゃるので、つい心配になってしまったのですよ」

「その格好、禁術士《きんじゅつし》の類だな? あいにくだが貴様のような薄汚いネズミと話す趣味はない」

魔道士の中でも、人倫《じんりん》にもとる研究を行う者を禁術士と呼ぶ。その存在自体が忌《い》まわしいもので、禁術に手を染めた者はあらゆる社会から排除される。

そのためライトも、実力行使には出ないものの、積極的に関わりを持つ気はないようだ。

「良いですね。普段の爽やかな雰囲気よりも、今のようにギラついているライトさんの方が私は好みですよ」

その台詞を聞いて、ライトが目を見開いた。

「なぜ、俺の名を知っている？」

「はは、冒険者として名が知られていますから、別におかしなことではないでしょう」

そう言って男は、目深に被ったフードの奥で、にやりと笑みを浮かべた。

「薄気味悪い奴め……さっさと消えろ。俺に二度も言わせるな」

「よろしいのですか？　私なら、あなたの望みを叶えて差し上げられますよ」

「……望みだと？」

酒を呷るライトの手がピタリと止まった。

「あのブライという男に先を越され、築き上げたものを、なにもかも台なしにされて大層苛立《いらだ》っているのでしょう？　無理もありません。あれほど無能と見下していた相手なのですから」

「貴様になにが分かる」

人を見透かしたような態度に、ライトは苛立ちを募らせる。

「無論、このまま大人しく彼の活躍を眺め続けるのも良いでしょう。ですが、プライドの高いあなたに、それが我慢出来ますか？　あの方は一度ならず、二度もあなたから全てを奪い去ったというのに……」

「お前、何者だ……どこまで知っている……」

ライトは咄嗟に槍を取ると、禁術士の首筋に刃を押し当てる。

「あなたの望みと、それを叶える方法を。ご安心ください。私はあなたの力になりたいだけなのです」

「……………それで、お前は俺になにをしてくれるというのだ？」

「力を。あなたが望むだけの力を私は提供しましょう。ただし代価は支払って頂きますが」

「代価だと？」

「ええ。実はあのブライという方、目障りなのですよ。ですから、どんな方法でも構いません。あの方をどうか、排除して頂きたいのです」

それを聞いてライトが笑い出した。

「フハハハハ、なんだ、そんなことでいいのか。お安いご用だ。あの、何の力もないのに正義面をしたクソ無能に一泡吹かせられて、力も手に入るなら一石二鳥ではないか。いいだろう。貴様の甘言《かんげん》に乗ってやる」

どこか投げやりなライトは、上機嫌で男の言葉に応じる。

「ありがとうございます。私の名前はペレアス。しがない求道者《きゅうどうしゃ》でございます」

「改めて、こちらも名乗っておこう。俺の名は……」

ライトが名乗ろうとするが、ペレアスは右手をかざすと、無言でそれを遮る。

「もちろん、存じております。これから、よろしくお願いします。ライト・ユ、ー、ス、テ、ィ、ア、さん」

そう述べる禁術士は、不敵な笑みを浮かべていた。

いずれ最強の錬金術師？
SOMEDAY WILL I BE THE GREATEST ALCHEMIST?
1~9
小狐丸
KOGITSUNEMARU
地味～な生産職志望の僕に付与されたのは、
聖剣から空飛ぶ船まで、
何でも造れる最強スキル
錬金術!!
コミックス
1～3巻
好評発売中!
1～9巻
好評発売中!
勇者召喚に巻き込まれ、異世界に転生した僕、タクミ。不憫な僕を哀れんで、女神様が特別なスキルをくれることになったので、地味な生産系スキルをお願いした。そして与えられたのは、錬金術という珍しいスキル。まだよくわからないけど、このスキル、すごい可能性を秘めていそう……!? 最強錬金術師を目指す僕の旅が、いま始まる!
●各定価:1320円(10%税込)
●Illustration:人米
●各定価:748円(10%税込)
●漫画:ささかまたろう　B6判

◉各定価：1320円（10%税込）　◉Illustration：山椒魚　　◉各定価：748円（10%税込）　◉漫画：早神あたか　◉B6 判

元構造解析研究者の
異世界冒険譚
1~9
犬社護
INUYA MAMORU
人でもモノでも、調べたステータスは
自由自在に編集可能!!
1~9巻
好評発売中!
コミックス
1~5巻
好評発売中!

元構造解析研究者の
異世界冒険譚
犬社護
人でもモノでも、調べたステータスは
自由自在に編集可能!!
新料理や新技術をユニークスキルで大発明!?
ネットで大人気の異世界大改変ファンタジー、待望の書籍化!

1
元構造解析研究者の異世界冒険譚
原作 犬社護
漫画 桐沢十三
ポンコツ理系センパイの異世界開研究録
残念美人の転生先は……
幼女で貴族!?
シリーズ累計8.4万部

ハズレ属性土魔法のせいで辺境に追放されたので、
ガンガン領地開拓します!
Hazure Zokusei Tsuchimaho No Sei De Henkyo Ni Tsuiho Saretanode, Gangan Ryochikaitakushimasu!
Author
潮ノ海月
Ushiono Miduki
ハズレかどうかは使い方次第!?
蔑まれてる土魔法で
未開の村を
快適に開拓!!
第13回
アルファポリス
ファンタジー小説大賞
優秀賞
受賞作!!
グレンリード辺境伯家の三男・エクトは、土魔法のスキルを授かったせいで勘当され、僻地のボーダ村の領主を務めることになる。護衛役の五人組女性冒険者パーティ『進撃の翼』や、道中助けた商人に譲ってもらったメイドとともに、ボーダ村に到着したエクト。さっそく彼が土魔法で自分の家を建てると、誰も真似できない魔法の使い方だと周囲は驚愕!　魔獣を倒し、森を切り拓き、畑を耕し……エクトの土魔法で、ボーダ村はめざましい発展を遂げていく!?
●ISBN 978-4-434-28784-8 ●定価：1320円（10%税込）●Illustration：しいたけい太

この作品に対する皆様のご意見・ご感想をお待ちしております。

おハガキ・お手紙は以下の宛先にお送りください。

【宛先】

〒150-6008 東京都渋谷区恵比寿4-20-3 恵比寿ｶﾞｰﾃﾞﾝﾌﾟﾚｲｽﾀﾜｰ 8F
（株）アルファポリス　書籍感想係

メールフォームでのご意見・ご感想は右のＱＲコードから、
あるいは以下のワードで検索をかけてください。

アルファポリス　書籍の感想　検索

ご感想はこちらから

本書はWebサイト「アルファポリス」(https://www.alphapolis.co.jp/)に投稿されたものを、
改題、改稿、加筆のうえ、書籍化したものです。

毎日《まいにち》もらえる追放特典《ついほうとくてん》でゆるゆる辺境《へんきょう》ライフ！

水都 蓮（みなと れん）

2021年　5月　31日初版発行

編集－矢澤達也・宮田可南子
編集長－太田鉄平
発行者－梶本雄介
発行所－株式会社アルファポリス
〒150-6008 東京都渋谷区恵比寿4-20-3 恵比寿ｶﾞｰﾃﾞﾝﾌﾟﾚｲｽﾀﾜｰ8F
TEL 03-6277-1601（営業）　03-6277-1602（編集）
URL https://www.alphapolis.co.jp/
発売元－株式会社星雲社（共同出版社・流通責任出版社）
〒112-0005 東京都文京区水道1-3-30
TEL 03-3868-3275
装丁・本文イラスト－なかむら
装丁デザイン－AFTERGLOW
印刷－図書印刷株式会社

価格はカバーに表示されてあります。

落丁乱丁の場合はアルファポリスまでご連絡ください。

送料は小社負担でお取り替えします。


ISBN978-4-434-28891-3 C0093